「私が大きくなったら姉様とダンスを
してみたいと思っていました」
話題を切り替えレイナルドがそんなことを
言い出した。
「ローズマリーも同じだと思いますよ」
「貴女と踊れて嬉しいです。マリー」
ローズマリーの時に覚えている
翡翠の瞳を煌めかせながら、
私を見下ろしてくる笑顔に応えた。
転生した悪役令嬢は
復讐を望まない2
JN033781

レイナルド・ローズ
アルベルト・マクレーン
マリー・エディグマ
私は石碑に刻まれるローズマリーの名前を見た。
慰霊碑の奥底に、既に棺は埋葬されている。
埋葬後、神父により神への祈りを捧げることにより、亡き魂は天へと還る。そう伝われている。

転生した悪役令嬢は復讐を望まない 2

Tensei shita akuyakureijyou ha hukusyuu wo nozomanai

あかこ
illust by 双葉はづき

contents

第五章 戴冠式

謁見の間と呼ばれる広間の扉が荘厳な音楽と共に開かれる。

剣を掲げた騎士たちが踏み揃(そろ)えて入室する。足取りは遅く、一歩一歩と厳かな雰囲気を纏(まと)いながら進む。

騎士の次に入室したのは正装したレイナルドだった。

金色に輝く少し伸ばした前髪は後ろに撫(な)でた形で整えられている。

普段は身に着けない装飾を着け、厚手の生地で作られたマントは黒を基調とした公爵らしい正装だった。長袖の襟部分には細やかな刺繍(ししゅう)が描かれ、まるで絵画から出てきたような美しさに周りの令嬢からため息が漏れる。

そして最後、列の中央で一人ゆっくりと歩みを進めるリゼル王子。

今日、この戴冠式の場をもってリゼル王となられる。

レイナルドと対比するような白を基調とした王族衣装に、赤生地で長いガウンは王の正装として使用される唯一のもの。普段は跳ねた長い癖のある長髪も真っ直(す)ぐに伸びて肩にかかっている。

私は、ローズマリーの頃でさえ滅多に見たことがない美しい光景に胸が高鳴った。

輝く金の糸で施された刺繍。歩くたびにシャンデリアの光が反射して輝く。手には世界を統べる神に倣い錫杖を持つ。歩くたびにシャランと鈴の音をたてる錫杖が使われるのは、戴冠式などの国を挙げた大きな行事の時だけだった。

とても綺麗で涼やかな鈴の音色は入場と共に流れていた音楽と重なるように奏でられている。

リゼル王子の入室が終わると、次に各大臣たちが並び進んでいき、用意された席へと移動する。

リゼル王子が謁見の間の正面に立つ。

宰相と枢機卿の司祭長が王冠を運ぶ。直に触れることができないため手には手袋をはめている。鳴り響いていた音楽は式典の開始と共に音が小さくなる。

レイナルドはその王冠を黒の手袋でそっと持ち上げ、司祭長から祈りを捧げられると正面に立つリゼル王子に王冠を向ける。

リゼル王子は膝を曲げ、首を垂れる。

赤色の長髪が頭を下げることで肩から揺れ落ちる。

「ディレシアス国に繁栄を」

レイナルドの言葉と共に王冠を頭に載せられる。

リゼル王の誕生。

そんな奇跡のような戴冠式に、私ことマリー・エディグマは場違いにもかかわらず参加していた。

急を要して進められた戴冠式はグレイ王を断罪してひと月と少しの後に行われた。

あまりの早さに驚いたけれども、あくまで国内だけで執り行い、外交として他国の方をお呼びするような行事は別の機会をもって行うらしい。

そして、本来なら国の関係者や王の親族しか参列できないはずの戴冠式に恐れながら私も参加していた。

場違いもいいところなのだけれどもリゼル王子からもレイナルドからもお願いされ、結局参列している。

本当は恐れ多いのではと萎縮していたけれど、式を終えてみれば参加して良かったという思いだった。

リゼル王の立派なお姿から、ようやくディレシアス国にも安寧が訪れるのかと思うと安心した。王となられたリゼル様とは、もう直接話す機会はないだろうけれど。私はリゼル様に感謝した。ちなみに、不相応にも参列した男爵令嬢である私に興味を持つ人は多く。更にはレイナルドが式の終わる前、私に向けて普段見せないような笑顔を投げかけてきたことに。

私は式が終わる頃には「ローズ公爵の寵愛を受けた女性説」や「ローズマリー嬢の隠し子説」など、おかしな説を生み出していた。

式典は戴冠式だけで終わりではなかった。

夜には舞踏会が行われるため、そちらにも参加するよう言われている。

侍女として働きに来ていた私にドレスなんて大層なものはないからお断りしようと思っていたのだけれど、レイナルドによって既に発注されていたドレスを贈られやむを得ず参加することになった。ちなみに戴冠式用のドレスまで用意してくれていた。一体、今回のドレスだけでいくらかかっているのだろう……。怖いので考えずに黙って受け取っているけれど、きっとエディグマ領の半年分の税金分はあるかもしれない。

用意周到すぎるレイナルドが舞踏会でエスコートに名乗りをあげてくれたけれど、彼は主催者側なのだからそんな暇もないだろうと丁重にお断りし、デビュタントの時と同じように兄にエスコートはお願いした。

城で働く兄も勿論（もちろん）舞踏会には招待されていたのだけれど、私がエスコートを頼むと不満そうにしつつも渋々承諾してくれた。申し訳ないなとは思ったのだけれども、特に意中の相手に声をかける予定ではなかったからそこまで気にするなと言われた。うん、余計に気になる。

アルベルトに関しては城内の警護任務があるらしく、忙しそうだった。彼もまた主催者側になるだろう。少し前にアルベルトと舞踏会の話題が出た時「誰にエスコートを頼むんだ？」と聞かれたから兄と答えたことを思い出す。

何故（なぜ）か安心したような表情だったのが印象に残っている。

戴冠式が終わると皆別室に案内され、そこで舞踏会に向けた衣装に替えることになる。恐れ多いことに私にも用意されていた。勿論、他の人に比べれば小さい部屋かもしれないけれど、私のような身分には十分な広さだった。

上質な絹で織られた贈り物のドレスを身に纏ったはいいものの、髪形をどうしようかと姿見で確認していた。レイナルドが贈ってくれたドレスは薔薇（ばら）の飾りが小さく飾られていたドレスだから、髪にも同じように飾りを付けた方が良いかと考える。ちなみに薔薇が入ったドレスを贈るあたりがとてもレイナルドらしい。

ドレス以外にも装飾品をいくつかプレゼントされていたため、その中から薔薇の付いた髪飾りを髪に飾りつける。一体この数々のプレゼントはいくらなのかを考えることはもうやめておいた。知らない方が幸せなことは確かだから。

舞踏会までの待ち時間、化粧の確認をしたり外を眺めたりと時間を費やしたものの、他の令嬢と異なり侍女も付けずに来ているため手持ち無沙汰になり個室の外へ出た。

舞踏会場の準備が整うまでの間、来賓は近くのラウンジや庭園で時間を潰している。

大勢の客人の中から兄を探す。エスコートをしてもらう手前、どこにいるか確認しておかなければ。

けれど、最初に見つけたのは兄ではなく立派な騎士服を着たアルベルトだった。

「アルベルト様。巡回中ですか？」

「マリー。ああ、その通りです。貴女（あなた）は何をしているんですか？」

「兄を探していました」

アルベルトの呼び名は下の名前を様付けすることで定着した。一時、ローズマリーの影響もあって彼を呼び捨てにしたこともあったけれど、考えれば私には遠い存在の立場にある人を呼び捨てなんてと思って今に至っている。

そのことに関してアルベルト自身はとても物申したそうにしていたので、人前でだけ様付けにし、二人の時は呼び捨てにしよう……ということで妥協した。レイナルドも同じく、というところ。

まるで恋人同士のような約束で恥ずかしいのだけれども、二人からの強い意見もあってそうなった。

そして彼らは私をマリー嬢、または呼び捨てで呼んでもらうことにしている。それだけでも周りには不思議に映るので嫌だったけれども。

「スタンリー殿でしたら……」

兄を見かけていたらしいアルベルトが少し離れた方角を指す。

「先ほど喫煙ルームにいましたよ。それより……」

何か言いづらそうにしながらもアルベルトが私の姿を見つめてきた。頬が僅かに赤いところを見て、察した。

「似合っていますか？」

ドレスの裾を少し摑(つか)んで軽くカーテシーしてみせる。

私の言葉にアルベルトが柔らかな笑みを浮かべて「とても」と返してくれた。

社交辞令が苦手な彼からの最大級の褒め言葉に、私も嬉(うれ)しくて頬が染まる。

「アルベルト様もとてもお似合いですね。いつもの隊服も素敵なのですが」

「任務を行うには窮屈ですけどね」

帯刀しながらも普段より装飾も多い騎士服は、実戦向きではなくどちらかといえば式典の衣装のため華やかさと精錬さがよく伝わる作りだった。

更には今回、爵位授与も決まっている目の前の騎士団長様に向けられる好奇の視線はとどまることを知らない。

こうして会話をしているだけで私には刺（とげ）のような視線が男女共に投げつけられてくる。

「マリーは隊服と正装ではどちらが好きですか？」

気恥ずかしそうに聞いてくるアルベルトに、私は目を大きくしてしまった。

容姿や服装の良し悪（あ）しなどあまり気にしない印象が強い彼にしては珍しい問いだと思った。

しばらくアルベルトを眺めてから、いつもの彼を思い出す。

「やっぱりいつもの隊服がいいですね」

と返したら、嬉しそうに「私もです」と笑う。

正装した彼も素敵だけれど、騎士としての職務を全（まっと）うするアルベルトはとても誇らしく、格好良いと思った。

「ああ、スタンリー殿がいらっしゃいましたね」

視線の先に、喫煙ルームから戻ってきた兄が私たちに近づいてきた。

「では、また後でお会いしましょう」

アルベルトが軽く手を上げ、任務に戻る。

すれ違うようにして戻ってきた兄がアルベルトを見てから私を眺めてきた。

「お前はやっぱすごいな」

「何ですか急に」

突然の発言に私は眉をひそめるが、兄は気にせず続けてきた。

「いや、仕事の鬼だった騎士団長が職務中に話をする姿を初めて見たぞ。お前が一人なのを気遣って俺が来るまで傍にいてくれたのだろう。そこまでさせるお前がすごいってこと」

言われてそういえば、と気づいた。

彼は今回の警備を任されている立場だった。それなのにもかかわらず私のことを気にかけてくれたのだ。

「そんでもって、さっきから視線が痛ぇ」

好奇の視線は変わらず注がれていることに不快感を示す兄が、私を連れて庭園に移動する間。

私は任務を遂行するアルベルトの姿を遠目から眺めていた。

兄と共に城内の用人によって舞踏会場に案内される。

男爵家が呼び出されるのは最後に近いため、しばらく名を呼ばれて入場する上位貴族の方を眺めていた。

人間観察をしながら時間を待っていると、警護中の騎士と目が合う。騎士団で侍女をしていた時によく話をしていた人を何人か見かけたので表情だけで挨拶をした。

そうこうしている間に順番が来た。

「スタンリー・エディグマ男爵、並びにマリー・エディグマ嬢！」

名を呼ばれ兄のエスコートで入場する。

煌びやかなシャンデリアの光が眩しい。どうにか笑顔を固めながら進むと、まず目に見えたのは壇上の玉座で座るリゼル王の姿。とてもご立派だった。

更には玉座の近くで立っているレイナルド。戴冠式に着ていた礼服とは違い、舞踏会用の礼装に着替えていた。脚が長いこともあってよく似合っているし彫刻のような美しさだ。

私はどうにか足をつまずかせずに中に入り、ドリンクを受け取って兄と共に開始を待つ。

全員の入場が終わると、玉座にいたリゼル王が立ち上がりグラスを掲げた。

「こうして皆に見守られながら戴冠できたことを感謝する。皆に祝福があらんことを」

リゼル様が乾杯を唱和され、私もグラスを持ち上げて祝った。

パーティーを華やかにさせる音楽が溢れ出した。

少しばかり時間が経過して……

私は感激していた。

奏でられる音楽でもなく、きらきらと輝く装飾品や客人のドレスにでもなく、そこら中に置かれた食事たちに。

食事が美味しい。とにかく美味しい。

ダンスもせずに兄妹で揃って豪華な食事に色めき立つのは、紛れもなく私たちは美食家である父の子供という証拠だった。

「これ、トゥール地方の海老のムニエルじゃない。こんなに鮮度が良い状態で食べられるなんて」

「生け捕りしたまま城に持ってきてギリギリで調理してるんだよ。おいマリー、今何食べた？」

「巻物よ。中にサラダが入っていて面白いわ」

社交の場より食い気が勝る兄妹で食事をしている姿が浮いていることに、当の私たちは全くもって気づいていなかった。

音楽が変わり、王がファーストダンスを踊る。

踊る相手は縁戚にある王家の女性で、既婚であり降嫁された方だった。

ここで未婚の女性をパートナーにしないあたりがとてもお上手だと思った。

ファーストダンスが終わると、他の方たちによる広間でのダンスが始まる。

「踊る相手はいらっしゃるの？」

私は兄に尋ねると、シャンパンを飲んでいた兄がこちらを睨む。

「当たり前だ。順番待ちするぐらいにな」

嘘か本当かわからないことを言っている。

「お前はどうする？　俺と踊る？」

「そうですね……」

折角だからと兄の誘いに乗ろうと思っていたところに、私たちに近づいてくるレイナルドに気がついた。

一直線に向かってくるのですぐにわかる。

「マリー」

嬉しそうなレイナルドの声。私は周りの目もあるため、取り急ぎ軽い会釈を交わす。

「よく似合っています」

「ドレスと飾りをお贈りくださった公爵のおかげです。ありがとうございました」

「お礼はダンスで受け取っても？」

レイナルドからダンスのお誘いを受け取る日が来るなんて。

かつての少年だった頃の記憶しかない私は驚きつつも笑った。彼のダンスは見てみたい。

「喜んで」

レイナルドの白手袋をはめた手のひらの上に手を差し出しホールの真ん中まで誘導してもらう。

背の高い肩に手を添え、レイナルドの長い指が私の腰に触れる。

音楽が流れ出す。私たちはゆっくりとリズムを刻む。

「マリーが初めてダンスをした方は誰でしたか？」

踊りながらレイナルドが耳元に近づいて聞いてくる。

「兄ですよ。田舎町の娘には知り合いの男性なんていませんでしたし」

「デビュタントの場では声をかけられませんでした？」

「全くもってありませんね」

その理由が、デビュタントの時にいじめられていた令嬢を見かねて助けた雄姿を目撃されていたり、妙に力を入れていたドレスを着て変に騒がれたので、さっさと兄と共に会場から退散したからという話は省略しておいた。

軽やかにターンを促すレイナルドのダンスは一緒に踊っているだけでうまいとわかる。

彼から贈られたドレスが照明の光に反射し輝く。

「こんなに上手に貴方が踊れるなんて。ローズマリーだったら驚くでしょうね」

「……姉様は？」

「……何も感じません。この間のような感覚はちっとも」

彼を復讐から解き放った時に強く感じたローズマリーの感情が、今は全く感じられなかった。

今までと変わらずローズマリーだった頃の記憶を持つだけで、まるで彼女になっていたような、そんな感覚はあの時だけだった。

レイナルドは、彼を呪縛から解き放った時のローズマリーに会いたいのか、時々こうして聞いてくることがあるけれど残念ながら彼の望む答えは伝えられない。

レイナルドとしては姉との再会を望んでいるのだけれども……私は正直難しいと思っている。

それはローズマリーの意識が強い時に感じた、死者としての自身の立場と、レイナルドやアルベルトの未来を想う気持ちが強かったこともある。

たとえ以前のようにローズマリーとしての意識を表に出すことができたとしても、きっと彼女は彼らと積極的に話すような機会は望まない。

今を生きる私を奪うようなことを忌避しているようにも思う。

（きっとあの時は特別だったのかもしれない……）

かつての私だったローズマリーの想いが、今の私にはよくわかる。

説明するには難しいため言葉を濁す。

「私が大きくなったら姉様とダンスをしてみたいと思っていました」

話題を切り替えレイナルドがそんなことを言い出した。

「ローズマリーも同じだと思いますよ」

「貴女と踊れて嬉しいです。マリー」

ローズマリーの時に覚えている翡翠(ひすい)の瞳を煌めかせながら、私を見下ろしてくる笑顔に応えた。

レイナルドとのダンスを終えた後、彼は仕事があるために挨拶をして別れた。

その後、彼は大勢の女性からダンスに誘われていたけれども誰とも踊らなかった。唯一ダンスをした私への好奇に満ちた視線が強まった。いたたまれなくなって庭園に逃げる。

会場から少し離れたことで、音楽が遠くから小さく聞こえてくる。

既に暗くなった夜空には星が微(かす)かに見える。季節が暖かい時期とはいえ夜風は体に悪いためか、人の姿は少ない。

人が少ない場所にいることも良くないと思い、庭園の広場にあるベンチに腰かけた。ここであればすぐに会場に戻れるし人の目も届く範囲だ。

さすがに王室の舞踏会ではないと思うけれど、こういった薄暗い場所は逢引(あいびき)に格好な場所のため、人の少ない場所にはなるべく行かないようにするよう女性は教わっている。

人の多さに気をやられていたためか、静かに夜空を眺めていると気持ちが落ち着いてきた。

「エディグマ嬢」

ふと、声をかけられ視線を向ける。知らない男性が立っていた。

「よろしければご一緒しても？」

許可を待つより早く近づいてくる気配を察して私はベンチから立つ。

「少し休んでいただけで、すぐに戻ります。兄を待たせているので」

ちなみに兄は今、顔見知りの女性とダンス中。出る前に見かけて知っていたけれど、今はあえて兄の名前を出した。

「少しだけでもお時間を頂けませんか？」

予想通り食い下がってきた。

そもそも名乗らない男性と馴（な）れ合うつもりもないため、更にきつめに返答しようと思っていたら。

「どうされました？」

少し離れたところから、鋭い視線を男性に向けたアルベルトが立っていた。

睨むだけで人を殺せるのではと思うアルベルトの視線を向けられた男性は、硬直した上に顔を真っ青にしていた。

無理もない。もし私があの視線を受け止める側だったらと考えたら同情せずにはいられない。

「私はその、エディグマ嬢と話をしたくて声をかけただけで……」

私は驚いて男性を見た。

あれほど怖い視線を受けているのに逃げずに会話を続けるなんて度胸がある。

アルベルトは鋭い視線のまま男性を一瞥（いちべつ）してから私を気遣うように視線を戻した。

「そうですか。ですがこのような薄暗い場では何かありましたら困ります。どうぞ広間までお戻りください」

「わ……わかった」

男性が少しホッとした様子で、私と共に広間へと戻ろうとこちらを向いたのだけれど。

「マリー嬢」

突然アルベルトに名前を呼ばれたので彼を見上げた。まだ視線は厳しさを残しているけれど、私を見てくれている顔は穏やかに見える。

「よろしければエスコートすることをお許しいただけますか？」

「え……あ、はい」

男性よりも早く手を差し伸べられて、ついその手を受け取ってしまった。

さすがに話をしていた男性に悪いかと思って挨拶しようと思ったのだけれど、摑まれた手が勢いよく引っ張ってくるので私は何も告げることができずに庭園の中を進む。

足早に進むアルベルトについていくのが必死で、あっという間に男性の姿は見えなくなってしまった。

それでもアルベルトの足は止まらない。庭園の中を進みに進んで、段々広間から流れている音楽が小さくなっていく。

「アルベルト様？」

様子がおかしいことが気になって名を呼ぶと、急に立ち止まられた。あまりに急すぎて私は立ち止まれず彼の体に顔をぶつけてしまった。

「ああ、すみません。大丈夫ですか？」

心配そうに見下ろしてくる顔はいつものアルベルトだった。ホッとした。焦っている様子が残っているアルベルトに対して笑って「大丈夫です」と答えた。

「先ほどはありがとうございました」

中々に強引そうな男性だっただけにどう対処しようか困っていたから改めてお礼を伝えた。

今の彼は、かの凜々（りり）しい騎士団長様なのかしらと考えてしまうような表情をしていた。

先ほど割って入ってきてくれたアルベルトの様子が普段と違っていて、私は妙に胸が騒ぐ。

いつもと場面も全く違うせいだろうか。それとも、薄暗い中で見つめるせいなのか。

普段以上に畏（かしこ）まった騎士服を着たアルベルトが、目元に僅かな笑い皺（しわ）を浮かべて私を見つめてくる。とても、嬉しそうに。

「何事もなくて良かった。ですが気をつけて。こういった場で羽目を外すような輩（やから）もいる。どうか兄君の傍を離れずに過ごしてくれますか？」

アルベルトが少し乱れていたらしい私の前髪を、長い指先を使って直してくれた。

彼の触れる部分にだけ熱がこもりそうだ。恥ずかしくなって俯（うつむ）いてしまった。

「兄は女性との逢瀬（おうせ）に忙しいようです。落ち着いたら一人で帰ろうと思っていました」

「一人で？」

「はい。貸し馬車を使って帰ろうかと」

そろそろ帰宅する頃合いだろうと思っていたところだった。

長居をしてもさっきのように話しかけられたり、好奇の視線を浴びてしまう。美味しい食事にもありつけたことだし退散しよう。

「では、正門まで付き合おう」

腰元に手を置かれ誘導される。ちょっと待った。

「アルベルト様。今お仕事中ではないのですか？」

国の大切な騎士団長様にわざわざ送っていただくのはと恐縮したけれども無駄だった。

彼は「問題ありません」と、問題ある発言をしたまま私を正門までエスコートして歩き出す。

すると、広間で流れていた音楽が変わる。

有名なダンスの曲だった。

「この曲……ローズマリーがよく練習していた曲ですね」

「ご存じでしたか」

「はい」

今流れている曲は、よくデビュタントの会場でも流れる初心者から中級者に向けた基礎らしいダンスの曲だった。

ローズマリーはダンスの練習をする時、よくこの曲に合わせて踊っていた。

そして踊る練習相手は、今目の前にいる騎士だった。

無骨で剣しか覚えない彼を無理やり練習台にして踊っていた記憶を思い出して微笑んだ。

「よろしければ一緒に踊りませんか？」

ふと、幼い頃に踊っていた彼がどのように成長したのか気になって手を差し出した。

アルベルトは少し驚いてから表情を崩し、私の手を取りそのまま腰を抱いて踊り出した。

基礎のステップ、大袈裟にならないターン。

繋いだ手は迷いなく私をエスコートする。

身長差による違和感もないまま踊りは続く。

「上手ですね。ローズマリーの記憶だと、アルベルト様……アルベルトはダンスが苦手だったようなのに」

敬称を付けて名を呼ぶと目で窘められたため言い直す。

「練習しましたから。ですが苦手ではあります」

社交界慣れしそうにないアルベルトの素直な意見にクスッと笑う。

「マリーは踊りがうまいですね」

「本当ですか？　兄や父とぐらいしか踊っていないので自分ではわからないのですが」

褒められることは素直に嬉しくて喜んでしまう。

「先ほどレイナルド卿と踊っている貴女を見ていました。とても……」

「……？」

言葉の続きを待つもののアルベルトは押し黙る。その間に曲が終わり、別のダンス曲が始まる。

リズムを刻んでいた足が止まり、腰を引き寄せられたままアルベルトと見つめ合った。

何か、彼が言いたそうにしていることだけはわかったけれど。しばらく待ってはみたけれども言葉が出てくることはなく。

「……正門まで送ります」

とだけ告げられた。

正門に並ぶ馬車は、貴族たちの所有する馬車が大体だが、城の滞在者に向けた貸し馬車も存在する。

私と兄のように家族で来てもバラバラで帰るような客人向けに用意されている。

私以外にも同様の客人がいたため、御者の受付に名前を伝え呼び出されるまで正門の端に立って待つ。その間アルベルトも一緒に待ってくれた。

仕事が大丈夫か気になったので聞いてみたけれども、警護に関しては全て配下である騎士に任せており、彼自身は統括する立場で問題があった場合に動くくらいだから問題ないと教えてくれた。

「騎士団の者たちとは話をしたか?」

「少しだけ。会場でお会いした方と挨拶をした程度ですが」

「皆、貴女が戻ることを願っているよ」

ニキも領地に戻ってしまったため侍女不足が再燃してしまっているらしく騎士団内では侍女を、ひいては私の復帰を求める声があると顔を合わせた騎士団員が嘆いていた。

とても嬉しい話だと思う。私自身、自領に戻って働くことも魅力はあるけれどこうして知り合った騎士団の方たちに必要とされるのであれば働きたい気持ちもある。

ただ、それは騎士団侍女でもローズ領の侍女としても言えることではあった。

兄の家に世話になっている間にローズ領の執事長であるリーバーから、とても丁寧に書かれた手紙が送られてきた。

突然行方をくらました私に対して怒るどころか心配してくださっていること。

事情に関してはレイナルドから手紙で誤魔化し説明してくれたみたいだけれど、私は謝罪の手紙を返した。それからリーバーとは文通のように手紙のやり取りをしている。

中々帰ってこないレイナルドに対する心配から始まり、私自身がいないと寂しいと書いてくださるリーバーの思いやりに胸が痛む。

一度は謝罪のためにローズ領へ行きたいと思っている。そのことをレイナルドに伝えたら戴冠式後、優先すべき仕事を終えたら連れていってくれると約束してくれたので、その時に一度一緒に行こうかと思っている。

「そのままローズ領に残ってもいいからね」と、甘い誘い文句を言ってくれるレイナルドに苦笑しつつも私は悩む。

自領に戻るか、王宮の騎士団侍女を続けるか、ローズ領で侍女を続けるか。

この選択肢に関しては宰相となったレイナルドからはどれを選んでも構わないと言われている。これだけフラフラと異動を続ける私に関して気にせず好きなことを選んでほしいと。

（どのお仕事も環境も待遇も楽しいし素敵なのだけど……）

そう簡単に選べないのが実際のところ。

自領を愛し平穏な生活を望む一方、憧れていた騎士の方々をお世話する侍女の仕事も楽しかった。そして、北部の離れた土地とはいえローズ領も嫌いではない。リーバーを筆頭に、お世話になった使用人の方たちもいる。あとご飯が美味しい。

父にも兄にも好きにして良いと言われた。

後継のことまで考えていた私だけれども、その話をしたら兄に怒られた。兄がその辺は全部やるのだから、お前は好きにしろと。兄の不器用なりの優しさも感じた。

「どうしました?」

馬車を待つ間に悩んでいたためか、アルベルトに心配をかけてしまった。

「これから先のことを考えていました」

「これから先のこと……ですか」

「はい。自領に戻るべきか、それとも王宮に残り騎士団侍女のお仕事を続けるか、レイナルド様と共にローズ領で侍女のお仕事を頂くか」

正直にアルベルトに伝えた。彼にも関わることなのだから相談したい気持ちになった。

「貴女として一番望むところはどこでしょうか」

「そうですね。どれも捨てがたいと思うのですが……実は一つ、仕事以外の悩みもありまして」

「仕事以外とは」

どこか気恥ずかしいけれども、少し躊躇(ちゅうちょ)した後正直な思いを伝えようと心に決めた。

「その、結婚も考える時期なので、そのことも踏まえると何をしたら良いのか迷っているんです」

そう。

結婚。

私が今、仕事以上に悩まされていることがこれだった。

既に一八歳を迎えた私はまさに結婚適齢期。兄に後継ぎのことは気にしなくて良いと言われているものの、未婚の女性が長く働くのであれば結婚する相手のことも考えなければいけない。

「もしローズ領でどなたかと結婚した場合、私はローズ領で暮らすことになるので、そうするとエディグマから離れてしまうのは寂しいなって……」

「…………」

「親離れできないと思われるかもしれませんが、どうしてもエディグマから遠い地で暮らすことは寂しいと思ってしまうのです。かといってエディグマに戻るとなると、逆に結婚する方を田舎町にお迎えすることになります。そんな奇特な相手もいなくて。いっそ市井の方でも良いのですが……エディグマの民とは小さい頃から顔を合わせているため今更結婚というのも考えられないのですよね」

御者の方から名を呼ばれる。どうやら馬車の準備ができたみたいだ。

変な悩みを相談したことが恥ずかしくて、アルベルトに「馬車来ましたね」と声をかけ早足で馬車に向かった。

御者に兄の邸(やしき)の場所を伝え、馬車の扉を開けてもらう。

御者が馬の手綱を持ち、移動する準備をしている間に私はアルベルトを見上げる。

彼は無言で手を差し出して私が馬車に乗る手伝いをしてくれる。

馬車に乗り座席に座ったため手を離そうとしたけれど、掴まれた手が離れない。

不思議に思いつつ、馬車の扉から覗(のぞ)くアルベルトを見た。

「今日はありがとうございました」

お休みなさいと伝え、手を離そうと思ったのだけれど。

「マリー」

突然、名を呼ばれ顔を上げた。

そこには真剣な眼差しで見つめてくるアルベルトの焦茶色の瞳があった。

どうしたのだろうと言葉を待った。

すると。

「私と結婚しませんか」

プロポーズされた。

「…………」

「…………」

お互い沈黙しながら見つめ合っていると、御者の方から「出発しますよ」と声をかけられる。

アルベルトは、今何を言った？

思い出した途端、私は顔が真っ赤に染まり混乱したまま手を離したけれど。

私以上に顔を赤く染めているだろうアルベルトが。

自分の言った言葉に驚いた様子で口に手を当てていた。

「扉を閉めていただけますか？」

離れないアルベルトに御者が声をかけ、我に返ったアルベルトは慌てて扉を閉めた。

窓から見えるアルベルトの驚く顔と目が合いながら。

馬車が出発した。

段々と小さくなり、景色に消えるアルベルトを。

私は真っ白になった頭と真っ赤に染まった顔のまま。

呆然（ぼうぜん）と眺めていた。

何も考えがまとまらない間に馬車はひたすら走り続けた。

貸し馬車はあっという間に兄の邸に到着し、早々に邸の中に入り、間借りしている自室のベッドの上に倒れる。

ドレスと装飾を着たままの行為は大変良くないとわかっているのだけれども、私は混乱する頭を少しでも落ち着かせたくて全ての行動を放棄してベッドに寝転んだ。

そして思い出すアルベルトの言葉に。

私は近くにあった枕に顔を埋（うず）めて身悶（もだ）えするのだった。

平静さを失った夜からようやく落ち着きを取り戻した翌日の昼過ぎ。

仕事に向かう兄を見送ってから、自宅に食材がないことに気づき買い物に出かけることにした。

貧乏田舎の男爵家では侍女を雇う費用も節約しようと自炊や家事などは全て叩き込まれているためか、兄であるスタンリーも王都で暮らしながら全て自身で行っていたため侍女はいない。

そもそも自宅に帰って食事をする機会も少なかったらしく、今は私が夕食を用意するため帰宅してきてくれる程度だった。

城下町に向かうため支度をし、荷物を持ち帰るための大きめな籠を持って外に出る。

兄から預かっている鍵で施錠を確認してから空を見上げれば良い天気だった。

街から距離が離れた場所に邸を構えているため歩いて向かう距離としては多少長い。重い荷物があれば荷車に頼ることもあるけれど、二人暮らしの現状特に必要になったことはない。

街並みをのんびり歩いていると、聞こえてくる話題は新しい王の話が多かった。グレイ王の時に課せられていた税の見直しや一部の軽減税から始まり、他国に顔が知れ渡っているリゼル王が諸国と交渉して行う貿易業の改善案が実行されたりなど、行動も早く支持が高まっている。

それでいて見目も良いため肖像画の売れ行きがすさまじいらしい。

私も街中で見かけた肖像画を見れば、戴冠式の際に着ていた正装で描かれたリゼル王の格好良さに一枚買おうかと思ってしまった。横には宰相となったレイナルドの肖像画も置かれていた。どうやらこちらも一緒によく売れているらしい。まるで劇役者のようだ。

更に隣に飾られていた騎士団長であるアルベルトの肖像画を見かけて心臓が跳ね上がった。

せっかく日常生活の中で落ち着いてきた鼓動が騒がしく高鳴る。

アルベルトの肖像画は団長として就任した頃の絵がそのまま長く刷られているため、肖像画の顔は今よりも若い。

思わず手に取って眺めてしまう。

ああ、顔が熱い。

「マクレーン団長はよく売れているよ。一枚どう？」

売り子の少年に薦められたが曖昧に笑って元に戻した。確かにほしい気もするのだけれど、持っていることが見つかったら恥ずかしいことこの上ない。

その場を離れようかと思ったところで、どこからか名を呼ばれている気がして辺りを見回した。人が多くどこから声が聞こえるのかわからない。

「エディグマ嬢！」

ようやく近くから聞こえてきた声の主は騎士団侍女として勤めていた時に、時々顔を合わせていた騎士団長補佐であるフィール・エヴァ様だった。

白髪が少し交じった茶髪に愛嬌(あいきょう)ある笑い顔。とても団長補佐とは思えないけれども、四〇を超えたエヴァ様は団員たちからは鬼補佐などと呼ばれるほど稽古に厳しいことで有名だった。

噂(うわさ)だけ聞くと怖かったけれども、いざ会ってみると今のように笑顔で接してくれる。それは団員にも同じだけれども発言が違う。

私はよく鍛錬場で彼が笑いながら「稽古試合一〇人に勝つまで戦えよ！」と言っては団員からすさまじい悲鳴が上がるのを聞いていた。とにかく訓練量がえげつない。

「エヴァ様、ご無沙汰しております」

私はその場で深くお辞儀をした。エヴァ様は小さな声で「やっと会えた」と言っていたため、私は首をかしげることになる。

「私にご用でしたか？」

もしかしたら兄の邸にまで来ていたのだろうか。

「ああいや、ちょっと話があってね。おや、肖像画じゃないか！　団長まである」

「はい。お若い頃ですね」

「五年ほど前かな。ちょうど良い！　一枚売ってくれ」

懐から小銭を出してアルベルトの肖像画を手にすると、何故か私にくださった。

「団長の絵姿なら御守りよりも効果があるので、エディグマ嬢どうかお持ちください」

「え……ええ？」

いきなり渡されてどうしようかと困っていたけれども、話は終わりとばかりに私へ肖像画を押し付けつつエスコートして街中を進む。

「いや、本当にお久しぶりです。実は相談したいことがあったので。よければあちらでお茶でもいかがですか？　立ち話で失礼ですが」

「構いません。その、ええと」

「勿論奢(おご)りますよ！　さあ、何がいいですか？」

露店に並ぶジュースを選んでと言われるも、私は突然の展開についていけないまま、それでもとりあえず林檎(りんご)のジュースをお願いした。

エヴァ団長補佐はアルベルトよりも一〇ぐらい年が離れているというのに、団長であるアルベルト以上に気さくで話しやすい方だった。侍女として仕事をしている時にもよく話しかけてくれて、ニキとは特に気が合っていた気がする。社交的な二人だったので話も合っていたのだろう。

一見優しそうに見えて団員に厳しいエヴァ様と、一見厳しそうに見えて優しいアルベルト。ちぐはぐだけれどもとても相性が良い二人として慕われていた。

エヴァ様は広場に設置されていた休憩用スペースに置かれた腰かけに私をまず誘導し座らせ、ついで少し離れて座られた。彼の手には何もないため注文したのは私の分だけだったらしい。

「あの、エヴァ様。お話というのは」

「ははっ、核心に迫りますね！　実はどうしてもお願いしたいことがあるんですよ」

エヴァ様は向きを私の方に変えて、真剣な顔をしてこちらを見つめてくる。一体何を言われるのかドキドキしながら言葉を待った。

「エディグマ嬢」

「はい」

すると、エヴァ様が勢いよく頭を下げた。

「どうか！　我々のためにも騎士団侍女にお戻りいただけないだろうか！」

「騎士団侍女……ですか」

「はい」

エヴァ様が大きく頷いた。

「昨今の騒動で一旦王宮の侍女は従来の人数に戻ったのですが、実は騎士団侍女は人手不足のままなんですよ。更にはすぐに団長の爵位授与があるでしょう？　いやあもう、本当に忙しくって！」

アルベルトの話題にまた、心臓がざわつく。

「王が変わったことで警備も変わってきました。仕事で手一杯なのに、我々は洗濯桶がどこにあるのかすらわからない体たらくでして。自分たちのこともろくにできないだけでなく、団長の手まで煩わせてしまっているんですよ」

「それは……大変ですね」

特にアルベルトからはそのような話は聞いていなかったけれど、エヴァ様の表情は真剣だった。

「せめて以前のように団長のお世話だけでもお任せできないですかね？　このままだと団長が飲まず食わずで仕事をしちゃって心配なんですよ」

「そうなのですか？」

騎士団侍女として勤めていた時も確かアルベルトの食事は不規則だったかもしれない。

少し心配になってくる。

「そうなんですよ。それでですね、エディグマ嬢が今ならローズ領もお休みされているとお聞きしたので、良ければお願いしたくって。勿論お給金は調整しますんで！　もし国が出さなかったら俺たちの給金からでもお願いしたいです！」

そこまで？

私は慌てて首を振った。

「気になさらないでください。先日退職金として国よりいくらか頂いているので、今は全然困っていないです。それに暇ですし」

いつ帰れば良いのかわからない今、手持ち無沙汰だったのも事実だ。

アルベルトとレイナルドに帰りたいと告げてもまだティア妃の存在もある、アルベルトの爵位授与に付き合ってほしい、ローズマリーの墓碑移動をするまでは、と段々延ばされていた立場としてはありがたいお誘いかもしれない。

何もせずに兄の家にいるのも性に合わなかった。

アルベルトやレイナルドではなく、こうしてエヴァ様からのお願いとなればきっと二人も納得してくれるだろう。

まあ、アルベルトが傍にいると色々と思い出してしまうこともあるけれど。

私は意を決してエヴァ様を見た。

「わかりました。私でよければお手伝いします」

まるで後光が差すように笑顔全開でエヴァ様に感謝され。

私は改めて微笑んだ。

騎士団長補佐のフィール・エヴァは平民出の騎士であり、愛妻家であり、娘大好きな父親でもある。

任務が夜勤のため家族には翌日の昼に帰ると伝え騎士団寮で任務が始まるまでは仮眠でもしようかと寮に向かう最中だった。

その日は戴冠式後の舞踏会が行われ、団長や副団長が任務を行っている。夜から交代でフィールが入る予定だが、時刻はまだだった。

にもかかわらず、寮に向かって突進する勢いで走ってくる尊敬する団長の姿に、フィールは首をかしげた。

「団長？　どうしました？」

普段は冷静に事を進める騎士団長であるアルベルトは、フィールより一〇以上年が下だというのに大変仕事ができる。しかし今の彼からは微塵もその様子が感じられない。

疾走馬のような勢いで走る彼の顔が驚くほど赤かった。

「あれ、飲みました？　任務中ですよぉ」

酒を飲むとすぐに赤くなるアルベルトをからかうつもりで言ったフィールだったが、何故か両肩を摑まれた。

「やってしまった……！」

激しい悔恨の声と共に団長が沈んできた。重い。

任務開始まであと二時間。フィールは団長に付き合うことにした。

「は？　プロポーズした？」

騎士団寮の一室に鍵をかけて事の顚末（てんまつ）を聞いた団長補佐の言葉に、顔を未（いま）だ赤らめたままのアルベルトは視線を逸（そ）らしながらも小さく頷いた。耳まで赤い。

「言うつもりはなかったし、あんな場で俺は何を言っているんだ……」

普段は自身のことを「私」と呼ぶ彼が「俺」と言っているあたりから混乱がすさまじいことが窺（うかが）えた。

フィールにはプロポーズをした相手が聞かなくてもわかった。

マリー・エディグマ。かつて騎士団の侍女として働いていた男爵令嬢だ。

昨今行われたリゼル王太子の婚約者選びにより呼ばれた女性の一人だったが、王子に興味を持たず何を思ったか突然騎士団の侍女として働き出した。

一緒にやってきたニキという令嬢とフィールは気が合いお喋（しゃべ）りをしたところ、どうやらマリー嬢がアルベルトに好意を寄せていると聞いていた。

しかし、実際に彼女を見ているとそんな様子はあまり感じられなかった。

確かにマリーはアルベルトに何かしら情を持っているとは感じたが、それが恋慕というようなモノには思えなかった。

むしろ、アルベルトの方が真面目に働くマリーに好感を持っていたようにも見える。

それから突然、アルベルトの感情が大きくブレることになる。

まずリゼル王子がよくマリーに会いに来ていたらしい。これはあくまで騎士団内の噂であるため信憑性は低い。が、その頃になってアルベルトの様子が変わった。

以前以上にマリーに強い執着を見せ出したのだ。

一見すると仲の良い主従関係にも見えるだろうが、アルベルトと付き合いの長いフィールにはわかった。

アルベルト団長がマリー嬢に恋をしているではないか！

確信を得たフィールは早々に信頼できる団員に伝えた。おかげでこの話題は今でも騎士団内で持ちきりのネタである。

それからしばらくして何があったのかマリーがローズ領の侍女として働きに出てしまい、その頃のアルベルトの落ち込みようはフィールでなくても一目瞭然だった。

ただ、その頃は更に国政も揺れに揺れていた上、団長はローズ領主と反乱に加担することがわかっていたため、そのせいで心情も荒れているのだろうと一部の騎士は思う。

ちなみにフィールもアルベルトに協力しグレイ王の失脚に加担していた。

自身の愛する娘や妻が生きていく未来は明るくあるべきだと、相談された際に喜んで協力の姿勢を見せた。

おかげで今、新王が立ち更には騎士団長も爵位を預かる身となった。

喜ばしい世の中になったのだ。だったら更に団長には幸せになってもらわなければ。

それにしても。

「団長。本っ当に恋愛事には疎いですね……」

「…………」

返事はなかった。

「モテるくせに女性のあしらいは下手だし、遊び相手に選ばれただろうなんて勘違いしてたら相手が本気になってることもザラだし」

アルベルトが若く騎士団員である頃から知っているフィールは、彼が若い頃から生真面目に生きている姿を知っている。

成人して大人となってからは言い寄ってくる女性の数も増えた。その都度、対応している彼を見てきているがはっきり言ってあしらいが下手だった。

勘違いした女性が家に押しかけたこともあるし、一夜のオトモダチと思ってお付き合いしたつもりが女主人気取りの女性もいた。

そんな痛い思いをしたこともあり、ここ最近は全く女性の気配もない彼が青天の霹靂とばかりに恋していたことは騎士団内の団員たちに驚かれていた。勿論フィールが誰よりも驚いている。

「まさか告白すっ飛ばしてプロポーズですか」

「俺は時間を巻き戻したい……」

段々この美丈夫な上司が哀れになってきた。

「わかりました！　団長、俺に任せておいてください！」

「は？」

「団長の悪いようにはしませんから！　俺も団長には結婚してもらいたいって思ってましたからね！」

意気揚々と宣言する部下の姿にアルベルトはようやくさっきまでの自身の行為に気がついた。気が動転しすぎて相談する相手を間違えたのではないだろうか。

しかし、仮にも大恋愛の末に結婚したらしいフィールの愛妻家ぶりを知っているアルベルトとしては相談するにも彼ぐらいしか知らない。

何より、急なプロポーズという愚行以上に悪い事態など起きるはずなどない。

アルベルトは重々しく息を吐いた。

思い出すマリーの姿はいつまでも目に焼き付いている。

美しく着飾った夜の妖精のような美しさを放つ女性。ローズマリーの生まれ変わりであり、ただ一人アルベルトが忠誠を誓いたい女性。

彼女の口から別の男性との結婚話が出ただけで嫉妬に駆られ、あのような発言をしてしまった。

これだけ自分の感情が抑えつけられないことなど、アルベルトは知らない。

染まる頬の赤みは落ち着かず、その日は任務が終わろうとも彼の感情が落ち着くことはなかった。

「え？　騎士団侍女に？」

「はい。そうなんです」

明日から騎士団の侍女に戻りますと伝えた時のレイナルドの第一声だった。

承諾してから早々に手続きを終えたというエヴァ様が家に訪れ、詳細を教えてくださった。

騎士団に勤める侍女を雇うには騎士団長の許可さえあれば問題なくエヴァ様が早速確認してくださった。しかも明日から勤めてもいいという許可を異例の早さで。

特に明日は予定もなかったため問題ないと伝えたところ、満面の笑みを浮かべて喜んでくださった。

「それでは明日からよろしくお願いします！」と告げると急ぎ自宅に帰るエヴァ様の様子に、私は台風一過のような気持ちで彼を見送った。

そのあと間もなくしてレイナルドが訪れてきて今に至る。

「ふぅん……そうか」

何かを考えているレイナルドに温めたスープを渡す。

今日の夕食は野菜スープにチキンの香草焼きと、そして手作りパン。

「アルベルトと何かあった？」

手に持っていたパンを落とした。

慌てて拾い上げる。軽く汚れを落とし、これは私の分とする。

ああ、顔が熱い。

「何かと言いますと？」

どうにか平静を装ってはいるものの、多分聡（さと）いレイナルドにはバレているだろうけれど私は無駄な足掻（あが）きを続ける。

レイナルドは、意地悪そうに私を眺めている。

「そうだね……たとえば、好きだと告げられたとか？」

「……いえ、それはないですね」

そう。それはない。

プロポーズはされたものの、彼の口から告白を受けたわけではなかった。

アルベルトのことだ。婚期が遅れるかもしれないと不安な私に対して優しさからもらってくれようとしたのかもしれない。というのが、冷静になった私が出した結論だった。

そうでもなければあの場で突然求婚なんてされないはずだ。

「そういうことか」

「どうして何かあると思うのですか」

先日も出したワインを注いでレイナルドに渡し、自身の食事の準備を進めていく。

今日は仕事で遅いらしいアルベルトが不在なのが、ちょっと救いだ。

レイナルドは渡されたワイングラスを持ち、クルクルと中の液体を回す。

「騎士団長補佐のエヴァが急に動き出すなんて、アルベルトが何か行動したとしか思えない。恐らくアルベルトは君へのアプローチに失敗したのだろう。そこへ部下が上司を哀れと思い手助けをした……というところだ。あいつは良い部下を持ったな。おかげで私は貴女を騎士団に奪われてしまった」

つまらなそうな、それでいて少し楽しそうな表情を浮かべるレイナルドの言葉に私は顔を赤く染めたまま眺めていた。

「貴女が選んだことなのだから反対もできないし」

「……ありがとうございます」

宰相という立場であれば侍女一人などどうとでもできるというのに、レイナルドは私の意思を尊重してくれることが嬉しくて、私はつい礼を告げた。

「そういえばティア妃の行方はいかがですか？」

「全く摑めない。気持ち悪いほど気配が見えない。しらみ潰しに追跡してみているが、想像以上に交際関係が華やかだったせいで難航しているよ。さっさと終わらせてしまいたいのにな」

薄らいだとはいえ、レイナルドの瞳が復讐に翳(かげ)る。いくらローズマリーによってアルベルトとレイナルドの復讐に燃えた炎が鎮火されたとはいえ、過去の遺恨を清算したい思いは私にも痛いほどわかる。

私とてティア妃には過去の償いをしっかりとしてもらいたい。先代グレイ王のように謝罪し、真実を伝えてもらいたい。

それだけでは生ぬるいとレイナルドは口酸っぱく言ってくるため、あまり話題にすることはない。

グレイ王に関して私は多くを聞かない。あの謁見の間で行ったことが全てだから。

けれどティア妃に関してはまだ何も終わっていない。もしグレイ王のように対面することがあったら何か変わるのだろうか。

ローズマリーの記憶にあるティア妃は、いつもグレイ王の陰に隠れながらも、仄暗（ほのぐら）い笑顔をローズマリーに向けていた。その笑顔を思い出すと少しばかり怖い。

「マリー」

考え事をしていた私の手を、レイナルドが握りしめていた。

顔を上げてレイナルドを見る。ローズマリーの記憶から幼い頃のレイナルドが重なる。

真っ直ぐな瞳。全てを見通すような透明さを持つ翡翠色に私の姿が映る。

握りしめられた手を、ゆっくりと持ち上げる。

握られた手を両の手で摑まれ、指の間に指を絡めて深く手を繫がれる。

「姉様の願いが私の幸せであったように、私の願いもまた姉様が幸せであることです」

繫いだ手の甲に祈りを捧げるような口付けを与えられる。

「生まれ変わりマリーとなった今でもその願いは変わりありません。マリーの幸せこそが私の幸せ」

「……それは、今の私でも同じことです」

たとえ今は血の繋がりのない他人だとしても、私にとってレイナルドは大切な家族だと思っている。心からローズマリーが愛した弟への愛情は尽きない。

「マリー。私の姉様。貴女にとって最も幸せであると思う行動をなさってください。どうか、貴女の心に対して素直に行動を」

「心に対して素直に……？」

「ええ。決して、姉様の時のように我慢をしてはなりません。たとえ貴女の前に敵わない防壁が立ち塞がろうと私がそれを破壊します。貴女の心を悩ませる者が現れたとしたら、私のできる限りの全てでもって排除しましょう」

物騒な発言が本気だとわかっているから余計に怖いというのに、口にするレイナルドの姿は天使のように神々しかった。

「ですからどうか。これから先も貴女の心に従って行動なさってください。姉様の頃とは違い、何も貴女を妨げるものはないはずなのですから」

少し寂しそうに見える笑顔が気になって、握られていない片方の手をレイナルドに向けて差し伸ばす。少し長く垂れる金色の前髪が触れる。祈りのような頼み事に、私は頷いた。

ローズマリーの記憶に残される彼女の行動は、常に父の命令に従っていた。父の言う通りに婚約者となり、周りの言いつけ通り礼儀作法を学び学問を学んだ。良き王妃になるよう育てられてきた。そもそも、自分の心に従って行動したことなどないに等しかった。

そんな姉を、いつだってレイナルドは見守り心配し、そして愛してくれていた。

その心だけがローズマリーの支えであるとわかっているように。

「ありがとう」

泣きそうになる思いが込み上げてくる。喜びと愛しさが溢れて感情が揺らぐ。

生まれ変わっても尚、彼と繋がることができることに、私は改めて神に感謝した。

二人は言葉をなくし触れ合っている間に訪問者が入室する扉の音が聞こえた。

私とレイナルドは同時に扉に向けて視線を向けると。

何とも言えない顔をしたアルベルトが立っていた。

「アルベルト」

急いで駆けつけてきたらしいアルベルトの頬は赤い。

「マリー。話をしたいのです。貴女と、二人で」

固い声色でもって彼が伝えてきた。

その真剣な眼差しに緊張が増す。

「……私はここで控えていても?」

レイナルドがグラスを傾けワインを口に含みながら尋ねる。

「ええ、構いません。ですが今は二人だけに。いいか？　マリー」

「は、はい……わかりました」

緊張するままに私は急いでストールを持ち、アルベルトと共に外へ出た。

一瞬だけ見たレイナルドの表情は楽しそうに微笑んでいた。

仕事を終えたというアルベルトと共に少し冷える夜空の中、ストールを体に巻き付けながら並んで歩いた。

帰ってきたばかりのアルベルトを気遣ったものの真っ先に話がしたいと伝えられれば反対できるはずもなく。

町の明かりによってエディグマよりも星が見えづらい王都の空の下、私はアルベルトに誘われるまま小さな庭に出る。

「フィールから話を聞きました……承諾いただきありがとう」

「いえ、こちらこそよろしくお願いします」

中々に合わない視線がもどかしい。どちらも緊張を隠せずによそよそしくなってしまう。

「それと」

アルベルトが顔を上げ、私をようやく見た。

頬は寒さ以外の理由もあって赤い。

「昨日の夜お伝えしたことですが」

私は思い出し、思わず恥ずかしさから俯いた。突然の求婚に何を返せばよいのかわからなかった。

「あ、あの、気遣ってくださってありがとうございます。私の婚期について考えてくださったみたいなのですが。その、こういったことは性急に決めても後悔しちゃうし」

緊張で早口になってしまう。

何度も会った時にどう返そうか考えていたというのに、うまく言葉がまとまらない。

「その、心配してくださったのは嬉しいのですが」

「心配で言ったわけではありません」

ひどく真剣で重い一言に俯いていた顔を上げた。

月明かりが眩しい中で、一直線に私を見つめてくるアルベルトの瞳に捕らえられて身動きが取れなくなった。

まるで時が遅くなったように、彼の唇が開き言葉を紡ぐ姿を眺めていた。

「私は貴女をお慕いしているから、本心を伝えたまでです」

正真正銘の。

告白をされた。

二夜に続く衝撃的な夜だった。


朝。

邸を早めに出て訪れる騎士団の控え室。

以前使っていた控えの部屋で身支度を整える。使用していた侍女としてのエプロンは棚に入ったままだったため、そのまま身に着けた。

後ろ手に紐（ひも）をまとめてから長い後ろ髪を一つに束ねる。

支度を終えてから姿見で一度全身をくまなく確認。前髪を少し整えて、もう一度眺めて確認。

問題なし。

しばらく顔を眺めていたけれど、ニコリと微笑んでみる。問題なし。

トクトクと騒がしい心臓を落ち着かせるために深呼吸してから部屋を出た。

今日から騎士団侍女としての仕事が始まる。

「マリーじゃないか！」

「おかえり。ずっと待っていたんだよ」

「ニキもいなくなって華がなくなっていたんだよ～寂しかったぞ！」

騎士団員に会うたびに声をかけられ話題に花を咲かせる。

「今日からまたよろしくお願いします」

「戴冠式に出席していたから驚いた。すごく綺麗だったよ」

「ありがとうございます。皆さんもお仕事お疲れ様でした」

「だろ？　食事を眺めるだけの仕事はきついよ」

あっという間に長身たちに囲まれてしまった。

騎士団の団員は総じて身長が高く体型も良いため、まるで自分が子供になったように思える。

「いや～これでやっと団長も機嫌が良くなるな！」

「おい、お前」

一人がアルベルトの名を出した途端に空気が変わった。

「エディグマ嬢がいなくなってから団長寂しそうだし、最近も落ち着きが」

「こいつを黙らせろ！」

お喋りを続ける団員を囲って口を塞がれる光景を私は呆然と眺めていた。

アルベルトの様子について聞かされても実感が湧かないけれども。

先日から繰り広げられた思い出が蘇り、顔がいっきに赤くなった。

「あれ？」

私の様子を見ていた騎士団の方たちが一斉に動きを止めて私を見た。これ以上見られたくなくて顔を手のひらで隠した。

「もしかして」

「団長、ちゃんと言ったのか！」

「やった！　祝杯だ！」

え？　と思う間に辺りが騒ぎ出す。

何が起きたかわからないでいるうちに、後ろからエヴァ様がやってきた。

「お前らさっさと任務につかないと査定に響かせるぞ～」

穏やかな声色で恐ろしい発言をする団長補佐の言葉に、一瞬で鎮まると共に全員が敬礼した後、仕事に向かい走り出した。

まだ顔の熱が治まらない私の隣に立って団員たちが去る姿を眺めていたエヴァ様が、私を見下ろして微笑んだ。相変わらず愛嬌ある人の良い笑顔だ。

彼はどこまで何を知っているのだろうか。考えると怖くなる。

「今日からよろしくお願いしますね。エディグマ嬢」

「あ、はい……よろしく……お願いします……」

「本当なら今日は非番の団長が、何故か知りませんが仕事に来ているので良ければ挨拶していってください。仕事の内容に関しては以前と同じですから。他の侍女も数名はいますので昼休憩の時にでも挨拶しましょうか」

スラスラと述べるエヴァ様に誘導されるがまま、騎士団の執務室に向かわされる。

全ての物事が、まるで彼の思いのままになっているような気持ちになる。

ここでようやく私はレイナルドが言っていたことを理解した気がする。

哀れな上司を助ける優秀な部下。

レイナルドとは違った手腕の持ち主かもしれない。

執務室の扉をノックすると、中から入室の許可を促す声。

昨夜聞いた告白と同じ声質。

胸が忙(せわ)しなく動悸(どうき)する状態を冷静に受け止めながら扉を開ける。

中にはアルベルトが一人、窓辺近くで立っていた。視線を私に向けて。

普段無愛想な彼が、ほんのりと微笑んだ。

「おはよう。今日からよろしく頼む」

「はい。よろしくお願いします……」

昨夜も同じような挨拶をしたけれども、今は場所も違う。

上司らしく振る舞うアルベルトに深く頭を下げる。

アルベルトは私に近づき、右手を差し出してきた。

「……？」

出されたままに私も右手を返し、握手をする。

てっきり「よろしく」という意味で出されたと思っていた右手が私の手を握りしめた後。

ほんの僅かばかりに手のひらを口に押し当ててきた。

「職務中とはいえ、貴女を慕うことを許してほしい」

目尻に皺をつけて微笑むアルベルトの笑顔の輝きが眩しくて。

「団長、あんまり職権乱用しないでくださいよ。職場が乱れますんで」

私はエヴァ様がいたことも忘れ、手を握られたまま硬直していた。

第六章 慰霊碑

『貴女が好きです』

見上げればアルベルトが私の手を握り突然に告白してくる。

『返事を聞かせてもらえないか？』

『あの、嬉しいです。けれど……』

私はどう答えてよいのかしどろもどろになりながら、それでも顔が熱くなることを抑えられずにいる。

握る手の力が強まる。

真剣な眼差しが近づき、焦茶色の瞳が目前に映し出され思わず目を閉じる。

『貴女が好きです。ローズマリー』

呼ばれた名前に驚いて顔を上げる。先ほどまで映し出されていた焦茶色の瞳には、ローズマリーが映し出されていた。

違う。

私はローズマリーじゃない。

そう叫ぼうとしたところで目が覚めた。

見慣れない天井をぼんやり眺める。使用人専用の居住部屋に移動してしばらく経(た)ったというのに、いまだに天井の壁紙に慣れていない。

目覚めたばかりの体をゆっくりと起こし窓の外を覗く。早朝らしく朝日はまだ微かに顔を覗かせた程度。天気は良さそうだった。

窓辺に映る私の顔の不細工なこと。

「夢って正直ね」

だいぶ早い朝になりそうだけれども私はベッドから抜けて顔を洗いに洗面所へと向かった。

騎士団侍女として働いてから二週間ほど経ってようやく一日の流れにも慣れてきた。

初めこそアルベルトを意識してギクシャクしていたのだけれど、仕事に私情を挟まない彼は仕事の上ではとても頼りになる上司だった。

けれど時々見せるプライベートな彼から思わせぶりな発言があったりなかったり……あったり。

そして誰よりも公私混同しているのが騎士団の皆さんだった。

もはや公然のこととされているらしい、アルベルトの恋を応援するのだとばかりに私に対してアルベルトの良さをアピールしてくれる。

「この間、団長が街に増えていた賊の頭首を捕まえたんですよ！　カッコ良かったですよ～！」

「マリーさん知ってます？　団長って時々孤児院に行って子供たちと遊んでくれてるんですよ。もうめちゃくちゃ人気で！」

「エディグマ嬢、聞いてくださいよ！」

と、団長自慢のオンパレードにより私が聞いた情報だけでアルベルトの本が書けそうなぐらいエピソードを覚えてしまった。

ちなみに団員たちの行動はアルベルトの知るところではないらしく、彼の前では一切行わないあたり彼ら騎士団の行動力を褒めるべきか貶（けな）すべきか……

それこそ最初の頃は戸惑いが隠せなかったし恥ずかしくて仕事にならないし、そもそも仕事の邪魔なのだけどとも思ったけれども、こうして団員の方たちと話をすることも楽しくなってきている。

何だかんだ言ってアルベルトの活躍を聞くことが楽しかったりする。

何故なら、私もまたローズマリーと一緒で騎士という職務に憧れを抱いているから。

(女性で騎士に憧れない方なんていないかしら)

私が知る限りでは知らない。少なくとも実情を知るまでは。

騎士団の侍女に志願する女性は多い。しかし同時に退職する者も多い。

憧れの騎士に仕える喜びを抱きながら働いてみるものの実情は暑苦しい、危険、雑務が多いといった職場のため都会暮らしの女性であればまず難しいと思う。

その点、ありがたいことに田舎暮らしで全てのことに慣れていた私としては騎士団の仕事はやりやすかった。堅苦しい礼儀作法は二の次である団員たちとはこうして他愛ないやり取りもできるほど打ち解けられる騎士団侍女の仕事は楽しかった。

それでも。

しつこいぐらいアルベルトの情報を与え続けられるのに、さすがに辟易（へきえき）してくるのも仕方がない。

「エヴァ様にご相談しようかしら」

奥の手をボソリと呟（つぶや）いた。

数名の騎士団員がその時、とてつもない寒気に襲われたことを勿論私は知らない。

仕事着に着替えてから少し早めに自室を出て、使用人向けの食堂へ向かう。

騎士団並びに王城の使用人は全て王宮内にある使用人宿舎で過ごす。かつて婚約者候補として呼ばれた侍女たちに関しては、実はこの宿舎は使用されていなかった。

もっと格式高い客室を使用していたのも婚約者候補という名義があったからで、現在のように本当に使用人となる場合は宿舎を利用する。それでも王宮の使用人となるため部屋の質は高い。

王宮の使用人は低いながらも爵位がある子息子女が務めている。平民出もいるがほとんどが評判の高い経験者だ。更に面接、推薦状などによる厳しい審査の上で登用される。面接、推薦状などによる厳しい審査の上で登用される。実力があっても身分階級の差は厳しい。

私自身、あってないような男爵という爵位と騎士団長補佐の口添えがあるからこそすんなり仕事を得たけれど、本来はそう簡単にできる仕事ではない……はずなのだけれども、何故か私は転々と仕事が変わっていた気がする。

いつもの指定席である景色の見えやすい窓辺の席を取り、配給されるパンとスープ、サラダを受け取って食べ始める。王宮の職人が作っているだけあってとても美味しい。

窓から見える景色はちょうど王宮内に訪れる馬車の乗り降りが行われる場所のため人の出入りがよく見えた。

まだ朝早いというのにまばらながらも馬車が現れる。

ふと今停まった馬車の家紋に見覚えがあり、注視していると降りてきた男性がレイナルドであることに気づいた。

やっぱりローズ領の馬車だった。

口にパンを放り込みながらレイナルドの様子を窺った。

これだけ朝早くに戻ってきたということは夜通し馬車を走らせたのかもしれない。

降りてきた彼は少し疲れているように見えた。

覗いていた視線に気づいたのかレイナルドが見上げてきた。目が合った。

すると優しい表情に切り替わり静かに手を振ってきたので慌てて振り返した。

「…………？」

レイナルドのジェスチャーを注意して見る。

手招きしてから、自身の立つ場所を指差す。

どうやらレイナルドのいる場所まで来てほしい、という合図のようだ。

私は窓越しでレイナルドに頷いてから急いでスープを飲み干し食器を片付けた。

駆け足気味に階段を下りて窓から覗いていた場所に向かえばレイナルドが私を待っていた。

「レイナルド様」

「マリー。すまないね早くから」

先ほどまで眺めていた広場を見渡してみれば、馬車は既に去った後でその場にはレイナルドしかいなかった。

早朝で肌寒く、吐く息も白いというのにずっと待っていてくれたことが申し訳ない。

「いいえ。この時間にお戻りということは夜から移動されてきたのですか？」

「そう。ローズ領の様子を見に行ってきた。本当なら貴女を誘いたいところだったけれど急な上に夜通し走ることになるからやめておいたんだ」

レイナルドは私がローズ領で世話になった方に挨拶をしたいという願いを覚えていてくれた。それがとても嬉しい。

「騎士団での仕事はどう？」

「皆さんに良くしていただいていますよ」

それはもう、十分なほどに。

「今日も仕事かな？」

「はい。まだ早いのでしばらく食堂で待つ予定です。レイナルド様、お食事は？」

「まだなんだ。もし良ければ私の部屋で休んでいかないか？　食事ついでにお茶でも淹れるよ」

レイナルドの誘いに喜んで私は頷いた。

騎士団の宿舎に入ってから恒例になっていたレイナルドたちとの夕食会はなくなってしまったため、こうしてレイナルドに会うのも久しぶりだった。

ようやく日が昇った朝日のように晴れやかな気持ちで、私はレイナルドの後に続いた。


私の前には温かな紅茶。

レイナルドの前には仕事の合間にも食べやすいサンドイッチと大量の書類。

私は改めて宰相という職務の多忙さを実感した。

「あまり片付いてなくてすまないね。まだ部屋にまで手を付ける余力がなくて」

処罰され解任されたかつての宰相の部屋をそのまま利用しているらしい宰相室は広かった。

執務用の広い机の前には打ち合わせができるようにソファが用意されていた。更に横に続く部屋には宰相付きの書記官の机が並んでいる。

まだ早い時間帯のため誰もいないが、使いを呼んで食事の用意をしてもらう。手慣れた様子でサンドイッチを出してきたあたり、最近の彼の食事事情が窺えた。

「夜はしっかり食べていますか？」

以前であれば夕食を一緒にしていたけれども最近は一緒に食べる機会がなく、レイナルドが夕餉を済ませる姿を見ていない。気になって聞いてみたが笑って返された。どうやら朝食と変わらなそうだ。

「仕事を優先してしまいがちなんだ」

「それでは身体を壊してしまいますよ」

「そうだよね。困ったな……」

本当に困っているのだろうか。

考え事をしているレイナルドを眺めていたら、思い立ったように顔をこちらに向けた。

「せっかくだから夕食はマリーと一緒に食べるというのはどうだろう。約束があれば私も食事を忘れることはないよ」

「私とですか？」

「そう。貴女と」

私はいつも食堂で夕食を食べている。時々騎士団の方と食べることもあるけれど、外で食べるといったことも自室で作ることもない。それならばと頷いた。

「ありがとう。仕事が終わったらこちらに来てくれるかな」

「宰相室に……」

何てハードルの高いことを。

周りの目に萎縮しそうだけれども、レイナルドは「周りにはうまく伝えておくよ」と返される。どう伝えればただの騎士団侍女が宰相室で夕食をすることに納得するのだろう。

「レイナルド様は」

「二人の時はレイナルドと」

「……レイナルドは休息を取れているのですか？　こうも忙しそうだと」

私は辺りに積み重ねられた書類たちに目を向けた。

恐らく今、この城内で最も忙しい人物の一人であろうレイナルドの体調が心配になった。

反乱の首謀者であり宰相という職位を得た彼は城内で名を聞かない日はない。それが騎士団の中でもだ。リゼル王に続く忙しさは想像を絶する。

レイナルドは一口サイズのサンドイッチをかじった後、食べ終えると質問に返してくれた。

「忙しいのは今だけで落ち着けばそこまで大変ではないよ。休みも適度に入れている。心配してくれてありがとう」

嬉しそうに微笑まれては何も言えず、私は紅茶を飲む。

「本当なら……宰相になるつもりもなかったんだよ。この国の行く末など復讐に比べればどうでも良いとまで考えていたから。リゼル王に『どうか』と頼まれてやってみたら、案外面白くてね」

仕事に生き甲斐(がい)を見出(みいだ)しているのかレイナルドの表情は明るい。

今の彼は新しい玩具(おもちゃ)を手に入れた少年のような目の輝きをしているのかもしれない。

「それに、姉様を侮辱した奴らを一掃できたのだから次は姉様の素晴らしさを後世に伝えるのも良いかもしれないって思ったんだ」

私は飲んでいた紅茶を零(こぼ)しそうになった。

「どういうことですか」

「姉様の慰霊碑を王城に建てるつもりだ。あとは姉様の偉業を書籍に残してもらおうかと思って企画提案をしているところだよ。慰霊碑ができた時はぜひマリーも見に来てほしいな」

「やめてください……」

「申し訳ないけれど慰霊碑については王の決裁も出ているし着工のスケジュールも出ているんだ」

末恐ろしい宰相の行動力に私は何も言えず俯いた。

どこまでいってもレイナルドがローズマリーを敬愛する姿勢は、いっそ清々しいほどだった。

ふと、夢に見た出来事を思い出す。

私がここ最近悩んでいることを相談してみようか……

ローズマリーを敬愛するレイナルドから話を聞いてみれば参考になるかもしれない。

話すべきかどうか躊躇する。

「その、レイナルドは」

思いきって顔を上げ、意を決して口を開く。

「もし私がローズマリーの生まれ変わりだと知らなかったら、私のことをどう思っていたのでしょうか……」

そう。

私は近頃ずっと悩んでいる。

ローズマリーであった前世と、今の私のことについて。

少し前まで、私はローズマリーであったことすら覚えていなかった。思い出してからはローズマリーの記憶を懐かしいと思った。

過去関わりのあったアルベルトやレイナルドを愛しいとさえ思った。

けれど、それはあくまでローズマリーの記憶であり、マリーとしての私が抱く記憶でも感情でもないのではないか、なんて考えてしまう。

それと同時に考える。

アルベルトが告げた愛の告白は。

私ではなく……ローズマリーに告げているのではないか、と。

私という人間を、ローズマリーとして見られているのであれば。

もし、ローズマリーだと知らなければ認識すらされなかったのだろうか。

そんな不安から、おかしなことを聞いてしまった。

「その………あくまで例え話……なんですけど……」

思わず聞いてしまったもののやはり後悔に襲われた。

しばらくの沈黙の後、レイナルドがお茶を飲んでからこちらを見た。

「難しい質問ですね。貴女を姉様の生まれ変わりと知らずにいたら……」

自嘲しつつレイナルドが笑った。

「きっと私は、貴女に軽蔑されていたことでしょう」

意外な回答だった。

「私が、ですか?」

「ええ。貴女と初めて会った時、私がどのような話をしたか覚えていますか？　私は貴女をリゼル王子の婚約者に仕立て上げようと脅していましたから」

覚えがあった。

家族の名を出され、私自身を道具として扱おうとした彼を。

まるでレイナルドが嫌悪していた彼の父に似た行動に怒り叱責し、それが原因で生まれ変わりだと自白してしまったようなものなのだから。

「私が周りに薄情な人間だと知れ渡っているのはご存じでしょう？　その通り、事実なのですよ。だからもし貴女のことをローズマリー姉様の生まれ変わりだと知らなければ……私は貴女に対してひどい扱いをし、嫌われ、そして後悔したことでしょうね」

「後悔……どうしてですか？」

ひどい扱いを受けたことは確かに記憶にある。けれど、何故後悔するのかがわからなかった。

寂しそうにレイナルドが微笑んだ。

「きっと貴女を深く知り、愛しくなった頃にはもう……貴女に嫌われていたでしょうから」

言葉を伝え終えた後、レイナルドは立ち上がり正面に座る私の隣に向かい。

鼻先が触れるほど近づき、私の耳に軽く口付ける。

柔らかな温もり(ぬく)が耳に触れたことを、遠い意識の中で感じた。

触れられた耳に指で触れ、未だ近くで私を見つめるレイナルドに声をかけようと声を絞る。

「どうして」

私の耳に触れたのですかと言いたかったけれど声に出せず。

レイナルドは柔らかに微笑んだまま。

「どうしてでしょうね？」

とだけ答えた。

「色々悩んでいらっしゃるご様子ですが、何も深く悩まなくてもよろしいのです。貴女は貴女なのですから」

おまけとばかりに今度は額に口付けを与えられ。

私の頭は限界に達していた。

レイナルドのやることが理解できない。

まるで口説かれているような状態だけどそうではない。

混乱する頭を回転させていると、空気を打ち消すように宰相室の扉を二度ノックする音が響いた。

私としばらく見つめ合っていたレイナルドが顔を離すと入るよう促した。

「失礼します……先客がいらっしゃったのですね。失礼いたしました」

「構わない。ちょうどいいし紹介するよ。騎士団に勤めているマリー・エディグマ嬢だ。マリー、彼はライル。私の書記官だ」

訪れてきた青年はまだ若さを残した顔立ちをしていた。士官学校を出たばかりなのか、不慣れそうな様子に見える。

つり目に少し伸びた髪を綺麗に切り揃えた生真面目な印象を抱くライル様に私は頭を下げた。

「マリー・エディグマです」

「ライル・シズヴェールです。エディグマということはエディグマ男爵のご息女でしょうか」

「はい。シズヴェールとおっしゃると」

確か書記官に彼の一族が多いことを思い出す。

「ご存じですか。私の父が書記官長を務めております。私は見習いですので未熟ではありますが、よろしくお願いいたします」

丁寧にお辞儀をされた。何だか若い頃のレイナルドを思い出させる青年だった。

「レイナルド様。マカエル公爵が打ち合わせされたいと客室にいらっしゃっています」

「わかった」

ライル様の話に相槌を打った後、レイナルドは私を見た。

「呼び出しておいて申し訳ないけれど出なければいけないようだ。続きは夕食で、ということでよろしいかな」

「は、はい。わかりました」

夕食を一緒にするという約束が生きていることに気づき私は頷いた。私の答えに満足げに微笑むと、レイナルドは宰相室を退室しようとした。

が、一度立ち止まり。

「マリー。さっきのことだけど……」

さっき。

そう言われ、私は先ほどされた行為がフラッシュバックして顔を真っ赤に染めた。

「私を意識してくれたのか、それとも弟のように感じたのか。その感情は貴女だけのものですよ?」

軽いウィンクをしてレイナルドが去っていった。

「レイナルド様がウィンク……」

信じられないものを見たとばかりにライル様が一人呟かれた。大いに頷きたくなった。

残された私はどうしようかと呆然と座っていたけれど、ライル様が机の上を片付け始めたので慌てて手伝おうと手を出した。

私は頬を赤く染めたまま顔を上げる。ライル様と目が合った。

「貴女は客人ですからそのままで結構ですよ」

「ですが、シズヴェール様もお仕事の時間でしょう」

「ライルで結構です。来客の対応も仕事のうちですので。貴女もそろそろ時間では？」

淡々と片付けるライル様に恐縮しつつお礼を告げる。

確かに時刻は間もなく始業の時間かもしれない。開始の鐘が鳴る前に騎士団の建物に戻らなくては。

立ち上がる私を片付けつつ見ていたライル様が、しばらく考えた後声をかけてこられた。

「失礼ですが、エディグマ様はレイナルド様の恋人でいらっしゃいますか？」

「マリーで結構です。あと、恋人ではありません……」

先ほどのやり取りを見れば誰だってそう思うだろう。私はすげなく否定した。

「そうですか。仲がよろしいようで何よりです。貴女にまつわる噂を耳にしております。……中には良くない噂をする者もおりますので、どうかご注意なさってください」

淡々と、本当に淡々と忠告してくれた。

ライル様の言葉には一切の悪意もなく、彼が心から私を心配して述べてくれているのだとわかった。感情はあまり見えないものの、ライル様の優しさが身に染みる。

噂に関しては騎士団でも聞いたことがある。

突然現れた男爵家の娘が騎士団長や宰相である公爵と懇意にしていれば、それは良くない噂が出るのもわかっていたことではあった。

「ありがとうございます」

ライル様自身、初対面にもかかわらず私のことを心配してくれたことが嬉しかった。

まだ会ったばかりだというのに彼に対して親近感が湧くのは、やはりどこか幼少の頃のレイナルドに似ているからだろうか。

私は彼にお辞儀をした後、宰相室を退席した。

出たところでちょうど近くにいたメイドと目が合う。彼女は不審げに私を見ていたがすぐに視線を逸らした。

先ほどライル様に言われた忠告について私自身、こうして目の当たりにすることで実感していた。

良からぬ噂が芽生えるであろうことは承知していたが、レイナルドが暗黙の上で噂を途絶えさせようと暗躍しているだろうこともわかっている。

興味本位で私とレイナルドの関係を聞いてきた使用人には「ローズ公爵の縁戚」と言ってい

る。レイナルドも似たような説明をしていることにより、一時凌ぎではあるものの、うまく説明しようにも真実を述べられるはずもない。

様々な憶測が流れているけれど、全てにおいて私は曖昧な返事でかわしている。

騎士団ではアルベルトとの恋愛を応援され。

王宮内ではレイナルドとの関係を遠巻きに見られる現在。

不思議な境遇だと思いつつ、それでもエディグマに帰りたいとか、元の生活に戻りたいという気は起きなかった。

それは本当に不思議なことで。

今までずっとエディグマ領や家族が一番大切だった私にしてはあり得ない感情だった。

ローズマリーとしての前世を思い出して、ディレシアスの王城で過ごしてきた間に、私の心は随分と変化を見せた。

会えるはずはないと思っていたかつての弟。

話すことなどないと思っていた前世の幼馴染。

ふと、先ほどレイナルドが問いかけた言葉を思い出す。

『私を意識してくれたのか、それとも弟のように感じたのか。その感情は貴女だけのものですよ?』

レイナルドの言葉は謎かけのようだった。

それでいて全てを見透かされているようにも思える。

私が思い浮かべた感情。

レイナルドへ向ける私、マリーの気持ちは。

「たとえ血の繋がりがなくたって、貴方は私の弟です……レイナルド様」

私はマリー・エディグマでローズマリー・ユベールではなくても。

私にとってレイナルドに抱く感情は家族としての愛情だった。

彼と初めて出会った時、ローズマリーの知っているレイナルドと別人のように思えた時もあった。

けれども真実を伝え、顔を合わせるたびに思う。

見つめてくるレイナルドの瞳に映る私は彼にとって姉の投影でしかなかった。

それで構わなかった。

私もまたレイナルドを年上の弟として見ていたから。

ローズマリーの時から願い想うものは家族の幸せ。

だからこそ今の私もレイナルドの幸せを願うばかりだった。

けれどアルベルトは？

「…………」

私は己の中で浮かぶ問いに対し答えを出せないまま、長い王城の廊下を歩き出した。

アルベルトは深夜の宰相室に呼び出されたにもかかわらず無言で承諾し、彼の人が待つ部屋の扉をノックした。

しばらくして返事がなくおかしいと思い扉をゆっくりと開けた。

中にレイナルドはいたが執務机に肘をつきながらうたた寝をしていた。

気配にも気づかずこうして寝ているのは珍しい。

アルベルトが知る限り、他者を寄せ付けない彼は少しの気配があっただけでも目を覚ますような人間だった。そんな彼が目を覚ますことがないというのはそれだけ疲れているのか、はたまた別の理由があるのか。

扉を閉める音により目を覚ましたレイナルドが、しばらく眠そうな顔をしながらアルベルトを見た。

「寝ていたか。呼び出しておいて申し訳ない」

「いえ。お疲れのようですね」

「そうだな。仕事が少し多すぎる」

伸びをして眠気を払う彼に笑った。

そういえば、彼は以前からこうして夜遅く会合する時に体を動かして眠気を追い払っていたことを思い出した。考えればアルベルトの知るレイナルドはいつも寝不足だ。

復讐を遂げるため秘密裏に彼と会う時は夜が多かった頃を思い出していたアルベルトだが、どうやらレイナルドも同じことを考えていたらしい。

「こうして遅くに会うのは久しぶりだ」

「そうですね」

「あの頃はただの子供だった私と、ただの騎士だったお前だったしな」

思えば二〇年の時が過ぎたのか。あまりにも長く早い時間の流れに驚いた。

ローズマリーを死に追いやった者への復讐を誓い、どうすれば実現できるのか話し合った。時には衝突もしたが、結果目的は思わぬ形で果たされることとなった。

その結果にアルベルト自身何一つ悔いはない。あるとすれば行方が掴めないでいるティアへの制裁が未だ実現できていないことだろう。

レイナルドも文字通り血眼になってティアを捜している。何故彼女が反乱の起きた当日に城から抜け出せたのかすらわかっていない。

かつての王であるグレイに問うも答えは出なかった。彼自身、王妃がどうやって行方をくらませたのか理解していなかった。

城を逃れたとしても女性一人すぐに見つかると思っていたが事態は思わぬ以上に難航した。そうなると見えてくるのが共謀者の存在だ。王妃に協力し、彼女を匿う存在がいるということだ。

今、レイナルドを最も忙しくさせている原因はそこにある。

王妃の関係者を調べても、彼女を匿えるような余力がある者は王都内にいなかった。だとすれば国外の協力者となる。

かつて国の王妃であった存在が国外の誰かと関係を結んでいたかもしれないという仮説は、国にとってとんでもない痛手である。

リゼル王自身、実の母の行動には手を焼いており国を治める者としては温情すらかけられないと嘆く姿があった。

いくら愛情が薄くとも実の母親。もし捕らえた場合でもせめて罰の軽減を望もうと思っていたのかもしれないが、他国と繋がっていた場合それは許されることではないとわかっているのだ。

未だ掴めない復讐相手に焦る気持ちもあるが、それでもアルベルトとしては以前のような復讐心はない。それは、グレイ王を断罪する際にマリーによって浄化されたから。

復讐者ではなく騎士として生きていくことをアルベルト自身望んだ。

だからこそ、彼女を守る存在としてティア妃を正当な形で裁きたかった。

「アルベルト」

名を呼ばれ顔を上げる。

考え事をしていたアルベルトにレイナルドの視線が刺さる。

「マリーに想いを告げただろう?」

「……はい」

彼には知られているだろうことを改めて告げられ、アルベルトは素直に頷いた。

嫉妬に駆られ拍子抜けするようなプロポーズをしてしまったが、改めてマリーにはアルベルトの気持ちを伝えている。

わかりづらい自身の行動を猛省し、協力するとうるさい団長補佐の助力もありながら想いは告げていると思う。

けれどもアルベルトには不安が尽きなかった。

何故なら、想いを告げれば告げるほどマリーの表情が強張るような気がしたから。

初めこそ恥ずかしい様子を見せて、その様子すら愛しいなと思っていたアルベルトだったが最近想いを伝えても以前のように顔を赤らめる表情とは異なる顔をするようになった。

その理由がアルベルトにはわからなかった。それがもどかしい。

彼女を不安にさせているのが自身だと思うと許せない。

想いを告げることが迷惑なのかもしれないと思うと簡単に尋ねることすらできない。

アルベルトは近頃自身に苛立ちが隠せなかった。

彼女を守り慈しみたいのに、彼女の表情を曇らせているのが自身である葛藤。

いっそ想いを消してしまえば良いのかと考えては無理だと結論を出す日々が続いている。

「アルベルトにしては行動が早くて驚いた。それだけ必死だったんだね」

おかしそうに言われると不快になる。アルベルトは黙ってレイナルドの言葉の続きを待ったが、しばらく待てど言葉はなかった。

焦れてこちらから問おうと口を開く。

「貴方はどうするつもりですか」

彼女に想いを伝えるのか。

静観するのか。

レイナルドがマリーを特別に想う感情は手に取るようにわかる。グレイ王を捕らえた後、アルベルトはレイナルドが何かしら行動に移すと思っていたが、予想に反して、特に彼は行動に移さなかった。

勿論秘密裏に彼女の素性を誤魔化していることや政治の駒にされないようそれとなく周囲に予防線を張っていることは知っている。

それもあらかじめ彼女の保護者となる兄に相談の上で実行しているあたり、レイナルドの行動力には相変わらず賛辞を述べたいぐらいだった。

その彼がマリーに対しアルベルトのように行動しないことが不思議だった。

マリーを騎士団で働かせたいと部下のフィールが言い出した時、どうせレイナルドによって止められるだろうと思っていた。しかし難なく物事が進んで拍子抜けした。

騎士団長の承認で騎士団内の使用人を雇用することはできるが、いくらマリーが騎士団で働き出してもいつかはレイナルドによって奪われることも懸念していた。かつてローズ領に連れていかれたように。

その時はどうすべきかと考えていただけに、本当に不思議でならなかった。

だからこそ、今この場で問う。

どうするつもりなのかと。

「私は何もしないよ」

ローズマリーと同じ翡翠の瞳が真っ直ぐアルベルトを見据えた。

穏やかな色合いに変わった。以前のように復讐によって翳りを見せていた頃とは違う穏やかな色だった。

「どういうことですか？」

「どういうことって、そのままの意味さ」

何もしない。

あれだけローズマリーのことを想い、彼女のためだけに生き長らえていたようなレイナルドが。

驚きが動揺に出るアルベルトに対し、レイナルドは冷たく微笑んだ。

「もしマリーがお前に想いを寄せるのであれば私はそれでも構わないと思っている。けれどもね」

氷の公爵などと揶揄されていた表情のままアルベルトに近づいた。

細く長い指がアルベルトの肩に触れる。

「今の貴方ではマリーと想いを遂げることはできないよ？」

「…………」

まるで今のマリーを知っているかのような言動。

アルベルトは反抗したくても言葉が出なかった。彼の発言が真実だとわかっているからだ。

今のアルベルトでは彼女に応えてもらえないと、アルベルト自身わかっている。

けれど、その事実を覆す術がわからない。

第三者から指摘され、より感じる不安に襲われる。

「わかっています。けれど、それを受け止めるのはまだ尚早です」

アルベルトの眼は諦めに落胆するでもなく、苦痛に歪むでもなく。

強い意志を持ってレイナルドを見返した。

諦めきれるものか。アルベルトにすら抑えきれない感情の渦を、落ち着かせることなどできはしない。拒まれたとしてもどうして諦めることができるだろう。

可能性があるのであれば示したい。

彼女が憂う原因があるのであれば取り除きたい。

自身の想いに不安を募らせるのであれば、その不安を消し去りたい。

彼女を守りたい。

アルベルトの強い意志にレイナルドはようやく柔らかな笑みを浮かべる。

「楽しみにしているよ」

アルベルトにはレイナルドの考えなど計り知れない。

彼女を想う恋敵(こいがたき)かと思えば、まるで応援するような素振り。

何故なのかわからない。

ただ、アルベルトが考えるべきことは他にある。

アルベルトが抱えるべき悩みはアルベルト自身で解決すべきだ。

そしてその答えの先に、自身が想う人の答えがあると。

漠然とした確信をアルベルトは感じていた。

「墓碑が完成したんですか？」

「ああ。ここにいらっしゃる宰相殿の力添えであっという間に完成した」

「姉様が眠られる場所なのだから全力を尽くして当然だよ」

宰相室での夕食を始めてしばらくしたある日のこと。

恒例になっているアルベルトとレイナルドとの夕食でローズマリーの慰霊碑に関する話題が始まった。

レイナルドと二人で夕食をしていることを知ったアルベルトが加わり、以前のように三人で食事をすることになった。時々執務の忙しさによってアルベルトかレイナルドが抜けることもあるけれど、基本三人で食べることは変わらなかった。

以前のように兄の邸であればそこまで噂にもならなかったのだけれど今は王宮内の宰相室。噂は飛び交うように散ってしまい、最初の頃こそ不安があったけれど不思議と私も慣れてしまった。

その話をエヴァ様にしたら「度胸がありますね」と笑われた。

周りの視線は厳しさや好奇心に満ちているけれども、こういうものかと割り切ってしまえばあまり気にならなくなった。

レイナルドによる牽制（けんせい）のおかげもあるので害はないからと気にしていない私はエヴァ様の言う通り度胸があるのか、もしくはエディグマ家の人間は肝が据わっているのかもしれない。兄が良い例だ。

「私もようやく時間を頂けることになったので、領主らしい仕事が少しだけできそうです」

先日アルベルトは爵位授与の儀を終え、かつてユベールの領地だった地に視察に行っていた。

ローズマリーの死後、彼女の父であるユベール侯爵の失脚により一部領地を没収されていたユベール領は国領に変わって以来長い間国の管理下に置かれていた。

今回爵位を得たアルベルトが与えられた地は名を新たにマクレーンと名づけられることになった。

アルベルトはとても萎縮していた。ディレシアス国ではその地を治める者の名が領地の名として変わるため、領地名が変わることは多かった。

レイナルドのように爵位を得たと同時に自身の姓を変えることもあるが、マクレーンの名を長く使っていたアルベルトとしては今更変えることも抵抗があったようで、悩んでいる間にさっさとマクレーンに決まっていた。

彼の家族であるマクレーン家は喜んでいたようで当の本人だけが困惑している様子だった。

アルベルトは、幼い頃自身が住んでいたユベールの地に自分の名が使われることに抵抗があるようだった。

与えられた領土にはローズマリーやレイナルドが暮らしていた屋敷が含まれていた。今は国の施設となっているが、爵位授与と共にアルベルトの屋敷に変わることとなる。

けれどもアルベルトの本職は騎士団長で領地経営など全くの経験がないため、レイナルドの助言により今までその地を管理していた国の役人をそのままマクレーンの領地で雇うことにしていた。

アルベルト以上にその地を見守っていたレイナルドの方がかつての故郷をよく把握しているようで、一体誰が領主なのだろうと思わなくもない。

それでも何もかも初心者であるアルベルトに全て一任するよりもずっと安心できることもあり、現在は名ばかり領主のアルベルトだとからかわれている。

「ローズ領にある墓碑から姉様の棺（ひつぎ）を移動させることになるので時期を合わせて私も休みを取った。マリーも式典の際には同席してくれるかな」

「よろしいのでしょうか」

私はアルベルトに確認のため顔を向けると、笑顔で頷かれた。

私が謁見の間でグレイ王に伝えた復讐を、グレイ王に代わりリゼル王が全て執りなしてくれた。

戴冠式を終えてすぐ、悪の令嬢として知られていたローズマリー・ユベールの冤罪（えんざい）に関して告示された。

その時は新聞に大きく取り上げられ、悪女から一転悲劇の令嬢として民から同情を得ていたけれども。

それからしばらくして風化し、今では特に噂に聞くことはない。

長い歴史の中で悪女とされていたローズマリーが悲劇の女性とされている。

私自身はそのことに対して特に思うことはなく、第三者のような気持ちで「良かったな」という感覚しかないけれども。

レイナルドとアルベルトは多くを語らなかった。

彼らの長い年月にわたり抱えた復讐やローズマリーへの思いは計り知れない。いくら無実が証明されたとしても、彼らが抱えてきた二〇年にわたる日々は戻らないのだから。

「五日後に行われる予定だから、私は明後日にローズ領に戻り姉様の棺と共にマクレーン領に向かう。君たちには式典前日の昼頃から移動してもらって、五日後の朝から式を行うという流れかな」

「そうですね。マリー、仕事は休めるよう調整してください。一緒に行こう」

「わかりました」

食事を終えた食後のお茶を飲みながら私は頷いた。

侍女がアルベルトとレイナルドの前にあった食器を片付けた後、私の食器を片付けに来た。

ふと、何かの気配に気づき顔を見上げた。

私にしか見えないような立ち位置で侍女が私を睨んでいた。否、凝視している？

彼女に見覚えのあった私は視線を逸らしお茶を飲み干した。

彼女の名は確かリエラ。

王宮侍女ではあるけれど、今は人手不足だった騎士団の侍女として働いていたらしい。

彼女からは外ですれ違う時にもこうして刺さるような視線を送られることがあった。

(どちらかが好きなの……かな)

悲しいことに私は、こうした敵意に近い感情を色々な女性から投げつけられることに慣れてしまっていた。

アルベルトとレイナルドの女性人気は高い。どちらも結婚していないから殊更多くの女性が名乗りを上げていると聞く。

騎士団で仕事をしていても、仕事場だというのに見合いを希望する手紙が山と届く。

先日会ったライル様に聞けば、どうやら宰相室も同じらしい。

一介のメイドから侍女、貴族、はたまた既婚の女性からも届くらしい……恐ろしい。

きっとリエラ……彼女もどちらかに好意を抱いているために、私に対してこうも視線を投げてくるのかもしれない。

私はなるべくリエラと目が合わないようにした。すると彼女から投げられていた感情は消え、侍女として仕事を全うした後退室していった。

仕事自体に粗が出ていないだけありがたい。

ただ、少しどこか引っかかる。

(何かしら……何かが違うように思う)

視線、だろうか。

彼女の私を見る視線が、他の令嬢と同じような嫉妬だけではないような気がした。

けれども原因は全くわからない。

「マリー、どうした？」

アルベルトが私の様子の異変に気づいて声をかけてくれたけれど。

「いえ。何でもないです」

私ははぐらかした。

その流れを静観していたレイナルドがため息を一つ。

「アルベルトは本当に疎いんだな」

どうやらレイナルドはリエラの視線を察していたらしい。呆(あき)れた様子でアルベルトを見た。

ただ一人理解が追いついていないアルベルトが、眉をひそめつつもどういうことかわからずにいるので、私は笑って誤魔化した。

ローズマリーが故郷に戻る日まであと五日。

私は、かつて彼女が過ごした故郷に訪れることに緊張と喜びと、漠然とした不安を抱きながら過ごしていたためその日投げつけられたリエラの視線の理由に気づかなかったことを、後悔することになる。


慰霊碑が生前過ごした地に建つとわかった日から、私は心の中に眠るローズマリーに問いかける。

前世の自分に話しかけるなんておかしいことは重々承知しているけれども語りかけずにはいられないぐらい、気持ちが揺らいでいた。

もし今。

ローズマリーが生きていたらどんな風に思っていただろう。

前世の記憶を思い出した私は確かにローズマリーだった。

誰よりも彼女を理解していると思っていた。

彼女が望んでいたであろう記憶や感情が、私自身の気持ちと同じだと。

それでもわからないことは多かった。

いくら魂が引き継がれていようとも、私とローズマリーは別人。

そのことを私は近頃幾度となく意識してしまう。

理由はわかっている。

「アルベルト様のせいね……」

私は自室の窓から覗く夕焼けを見つめながらため息をついた。

突然プロポーズされ、改めて告白された。

仕事の合間に想いを告げられ戸惑うものの私はどこか心の片隅で歓喜に震えていた。

直向き（ひたむ）きなアルベルトからの好意に、確かに私の心は弾み受け止めたい思いが生まれていることを自分でもわかっていた。

けれど同時に思う。

彼が私に抱く想いは「マリー」ではなく、「ローズマリー」に向けられているのではないかと。

途端、私の喜びは消え去り残されたのは悲しみと疑念。

素直に想いを受け取れない私が生まれた。

そもそも私に好意を寄せるなんてあり得ないことだ。アルベルトは年齢も一回り以上離れた騎士団長で、ローズマリーに忠誠を誓っていた騎士でもあった。

騎士団侍女にはなったものの田舎町の男爵令嬢でしかない私。今ではアルベルトは子爵という爵位まで得た。今でこそ彼はローズマリーに相応しい人物となった。

私ではなくローズマリーに。

「ああ～もう……」

自分が自分に、しかも死者に嫉妬する虚しさよ。

そう。

私はローズマリーに嫉妬している。

彼女の記憶がなければアルベルトに出会うことすらなかったというのに、彼女の存在が妬ましい。

「これじゃあ私に嫉妬してる侍女たちと何ら変わりなどないわね……」

レイナルドもアルベルトも私がローズマリーの生まれ変わりだから傍にいるのであって、マリーだから一緒にいるのではない。

その事実はどうしようもないことだ。

覆すこともできない。

それでも構わないと思っていた。ローズマリーの記憶は私の記憶と同じであり、ローズマリーは私でもあるのだから。

ローズマリーであった記憶は確かに持っている。私がローズマリーであると言っても間違いではないというのに。

アルベルトの想う人が、「マリー」ではなく「ローズマリー」なのだと思うと辛かった。

自分自身のことだと理解していても、心が追いつかない。

考えても仕方ないことだとわかっている。

私は何度目かわからないため息をもう一度ついてから部屋を見回した。

明日の昼からユベール領のあった地にアルベルトと共に向かう。明後日にはローズマリーの墓碑に、彼女の棺を納める式典が行われる。そのために出発の準備をしていた。

マクレーン領となってから初めて行われる式典が故人を祀る儀ではあるため政にはしていない。関係者だけが集い彼女の眠りを見守り祈る儀式。

複雑な想いがあった。

誰一人として経験したことはない感覚だろう。

私が、私の棺を見る日が来るなんて。

だからこそ問うことを止められない。

「ねえローズマリー。貴女は今どう感じているの？」

アルベルトに想いを告げられたことを。

自身の遺体が残されていたこと、幼い頃愛した土地で眠れることを。

生まれ変わった私が貴女の慰霊碑に祈りを捧げることを。

「私は嬉しいの……貴女の暮らしていたあの場所に行けるから」

ローズマリーが幼い頃から過ごしていたユベールでの記憶はいつも楽しそうだった。

辛い勉強や稽古もあった。父親からは冷たくされていた。

それでも彼女は幸せだった。

大好きな弟と大切な幼馴染みと過ごしていたから。

温かなユベールの地に慰められていたから。

記憶でしか見ていないユベールの景色を直接見られることは、私にとって喜ばしいことだった。

その喜びがローズマリーのものなのか、それとも私自身のものなのかもわからない。

彼女との意識が混同するような感覚はローズマリーの記憶を取り戻してから時々あった。

グレイ王を断罪する時やレイナルドやアルベルトの復讐を止める時。私はまるでローズマリーとして行動していた。

けれど復讐を終えた今、以前のような意識の混同はない。

自分でもわからないあの時の感覚を人に伝えることは難しい。自身ですらわからないのだから。

アルベルトのことを想う気持ちがマリーなのかローズマリーなのかもわからず。

また、アルベルト自身が慕う人が私なのか、それともローズマリーなのかもやっぱりわからない。

私はそうして、答えの出ない問いを繰り返し自身に問いかけていた。

レイナルドにとっては久しぶりとなる慰霊碑への祈りの時間。

毎日飾っていた花束は以前訪れた以来飾ったままだったためにすっかり枯れている。

これだけの期間、亡き姉の墓前に立たなかったのは今までなかったかもしれない。

「ただいま帰りましたよ。姉様」

レイナルドは彼の愛する姉が眠る棺に手を添えた。

飾っていた花束を取り替え棺に刻まれる姉の名に触れる。

ローズマリー・ユベールという名と共に彼女が亡くなった日付を刻印した棺を用意したのは他でもないレイナルドだった。

まさか姉をユベールの地に帰すことができるなんて。

レイナルドが二〇年の間考えていた復讐のシナリオの中にはなかった考えであったことに彼は苦笑した。

ローズマリーの記憶を持ったマリーから口にしたその願いに、レイナルドは衝撃を受けた。

あれほど姉のことを常に考え生きてきたレイナルドだったが、その考えに至ったことは一度たりともなかった。

レイナルドの心に在り続けたものは復讐だけだった。

しかし姉であるローズマリーは復讐など望んでいなかった。

「長い間、このような暗い場所に眠らせていたこと……申し訳ありませんでした。姉様は故郷に帰りたかったのですね……気がきかないと呆れていらっしゃることでしょう。ですが、やっと貴女の願いを叶えられるのですね」

マリーが告げた復讐方法は、ローズマリー・ユベールの汚名をすすぎ彼女の魂を故郷に帰すことだけだった。

それ以外、望むことは何一つないという。

ローズマリーが抱えていた後悔は一つ。

レイナルド自身の未来を奪ってしまったことであると知った時から、レイナルドには悔恨しかなかった。

何一つ姉の望む結果を見出せなかった己が恥ずかしく愚かしかった。

更には自身だけでなくアルベルトをも巻き込んだ復讐劇。

後悔など絶対にしないと思っていた。

ローズマリーに屈辱を与え、死を迎えさせた者たちを切り刻みたいほど憎らしかった。それは今も呪いのように残っている。

グレイ王を殺す機会があるのであれば喜んで殺したかった。

まだ見ぬティア妃を絞首刑にできるのであれば嬉々として執り行いたい。

けれど、それよりも望むことがある。

レイナルドは棺に顔を近づけ、冷たい石棺に口付けた。

「私には姉様さえいれば何も望まなかったのですよ」

これほどの激情も憎悪も、姉へ向ける想いをどこに吐き出せば良かったのかわからなかったからなのかもしれない。

長い口付けから顔を離し、意を決して立ち上がる。

姉を故郷に帰らせるために戻ってきた。

レイナルドは慰霊碑の中から外に出て準備に滞りがないかを目視する。

黒く塗り潰された荷馬車は質素ながらも上質な素材で作られている。今回の棺移動に伴いレイナルドが特注した荷馬車だ。

剝き出しに運ぶなど考えていなかった。馬車で移動する貴族と同様、否、それ以上に広い屋根の付いた荷馬車を用意した。

数名の従者に指示を下し、彼らと共に馬車へ棺を丁重に運び出す。

棺をかつてのユベール領へ移動するには長い道のりとなるため、数名の護衛や従者と共にレイナルドはローズ領を出発した。

マクレーン領と名が変わった故郷への道順は既に決めている。仰々しい移動となるため大通りは利用しない。好奇の目に姉を触れさせたくなかったし、大通りを利用しては遠回りとなるため山越えをすることにした。

棺を載せた馬車の前をレイナルドは愛馬と共に進む。

北部地方であるローズ領からユベール領までの距離は長い。

それでいて山道に入ることもあるため、共に向かう者たちは全て馬で移動している。時折崖道を越えないといけないため神経を使う。せめて大通りを使うべきだと従者に薦められたがレイナルドは頷かなかった。

荷馬車を時折眺めながらレイナルドは物思いに耽っていた。

考えるのは愛する姉の生まれ変わりであるマリーのこと。

今、彼女を最も悩ませているものが何なのかレイナルドにはすぐにわかった。

残念ながら朴念仁であるアルベルトは気づいていないが。

彼のことだ、悩む原因すら気づかず思うがままに行動しているのだろう。大変羨ましいと思う。

マリーは、彼女の前世であるローズマリーの影に悩まされている。

どれだけレイナルドやアルベルトが彼女に対し愛情を注ごうと、愛を囁こうとマリーにとってみればそのどれもがローズマリーに向けられた言葉として受け止めてしまうのだ。

レイナルドにはマリーの気持ちが手に取るようにわかった。

何故ならレイナルド自身が、マリーに対してローズマリーの影を見ているからだ。

生者であるマリーに対する冒瀆とも言える行為だとわかっている。

レイナルドは「マリー」ではなく姉であった「ローズマリー」として彼女を見ている感情をはっきりと理解していた。

だからこそ、マリーという女性に対しアルベルトのように言葉にして愛情を表すことはできなかった。

言葉にしてしまえばマリーを傷つける未来が見えるからだ。

「…………」

馬に揺られながらぼんやりと、あり得ない仮説を考える。

たとえば。

もし、崖の縁にローズマリーとマリーが立ち、どちらかを救わなければ片方の命がないと言われたら。よくある常套の例え話。だが、それが一番わかりやすい。

レイナルドは迷わず姉の手を取る。

たとえ崖から地に落ちるマリーの瞳がレイナルドを非難しようと。泣き叫ぼうと。

レイナルドは姉の手を取る。

姉からマリーを助けてあげてほしいと懇願されようが、地獄に落ちる結果になろうともレイナルドはそうしただろう。

レイナルドにとってローズマリーという存在は全てだった。

彼女なくして己の人生はないというほどに、まさしくローズマリーによって生かされている。

もし同じ問いをアルベルトにした場合。

彼なら何と答えるだろうか。

そしてその答えこそ、マリーが望む答えでもあるのだ。

ふと、何か気になる気配を感じた。

レイナルドは顔を上げ周囲を見渡す。進む道は山道の中でも高低差が激しい場所であり、慎重に馬を進めないと行けない道にあった。

上を向けばそびえる山。下を向けば崖の急斜面。

嫌な予感がしてレイナルドは手を上げた。移動を止める合図だ。

一斉に移動していた者たちが止まり、護衛の者たちも異様な空気を感じ手に剣を持つ。しかしこの狭い道沿いで戦闘になれば危険しかない。

そう、危険だ。

レイナルドが理解した時には遅かった。

頭上から降り出した矢が護衛の馬の背に刺さり暴れ出した。

一人が崖のように高い道から悲鳴を上げながら落ちた。

「急げ！」

外套で頭を守り矢の攻撃をかわしながら細い道を走らせる。馬が怯（おび）え落馬しないよう制御させる。あとは乗馬の技量による。いかに落ちないように走らせるか、乗手の技術にかかってくる。

背後から護衛や従者の悲鳴が聞こえてきた。恐らく数名が落馬しているのだろうが、レイナルドも彼らを助ける余裕はなく、必死で手綱を引いた。

少し道幅が広くなったところで一度止まり後ろを見た。

棺を運んでいた荷馬車の馬に矢が刺さって暴れている光景に息を飲んだ。

このままでは姉の棺ごと下に落ちてしまう。

あってはならない窮地に、何も考えず馬を降りて走り出す。

荷馬車を操縦していた御者の肩に刺さる矢を見て、自身が代わりに馬車を運ぶため飛び移り手綱を引いた。

上から降ってくる矢の数は多くないが確実に一行を狙っている。

御者に頭を伏せるよう叫び、レイナルドは馬に走るよう手綱で命じる。

馬が制御されることにより落ち着きを取り戻す。動揺しながらも走り出した。車輪が傾くたび、御者が悲鳴を上げている。

レイナルドは歯を食いしばりながら荷馬車を進めさせた。

姉の棺を崖に落とすわけにはいかない。

姉を必ず故郷に帰らせる。

その強い想いが届いたのか、レイナルドの愛馬が待つ道まであとひと息の距離まで辿(たど)り着いた。

一瞬の安堵(あんど)が気を緩ませたのか。

突如レイナルドを襲う激痛に、声なき悲鳴を上げた。

右肩を襲う痛み。鋭利な矢尻がついた矢がレイナルドの肩に命中していた。

痛みによって手の力が緩み、掴んでいた手綱もまた緩む。

馬車が、棺がバランスを崩し。

レイナルドは肩から溢れ流れる血をそのままに手を差し伸べた。

無駄だとわかっているのに、その手は真っ直ぐに姉の眠る棺へと向けられる。

絞首台で姉が処刑される時もそうだった。

届かない手を差し伸べた。

その手で姉を救いたかった。

けれどいつも手のひらには何も得られず。

いつだってレイナルドの目の前で、愛する人を失うのだ。

派手な音と共にレイナルドを乗せていた馬車は落ちる。

木々がクッションとなりレイナルド自身が地面に直撃することはなかったが、木の枝が身体中に当たり、滑り落ちた時に身体を大きく打った衝撃で意識を失いかけた。

共に落ちた御者や護衛の者たちが微かに呻き声を漏らしている。命が無事であっただけでも喜ぶべきだ。

レイナルドは肩や打った箇所の痛みを堪えながら身体を起こし状況を確認した。

大体の者が道から外れ落ちてしまった。先に落ちた護衛の者たちは気絶している。

崖がそこまでの高さでなかったことと、崖下に木が生い茂っていたために命だけは助けられた。

しかし悠長にしていられない。

気を失っている者たちの顔を叩き目覚めさせる。

「起きろ。急いでこの場から離れろ」

「レイナルド……様……」

「いいか。ローズ領には戻るな。待ち伏せされている可能性がある」

倒れている者たちをどうにか起こし立ち上がらせる。重傷の者はいないが、無傷の者もいない。

レイナルドは共に落ちた姉の棺を確認した。高い場所から落ちた棺の蓋は釘で刺してあったため外れることなく無事だったが、運ぶこともままならない。

悔しさから手のひらに力を込める。

「賊でしょうか」

護衛の一人が傷を負った者に手を貸しながら聞いてくるがレイナルドは首を横に振る。

「矢尻に特徴があった。北部の小部族が使用するものに似ていた。賊ではないだろう」

レイナルドが肩に刺さった矢を引き抜いた時に見た矢尻を思い出す。

それは、かつてレイナルドが騙し制圧した者たちのものに似ていた。

彼らがレイナルドに対し報復する理由は十分にあるが、何故今になって。

それに、どうしてレイナルドが馬車を伴って移動する情報を知り得ていたのか。

「時間がない。動ける者は怪我人を抱えて逃げ隠れろ。馬に乗れる者は王都とマクレーン領まで走れるか」

「レイナルド様はどうなさいますか」

「私は相手を確認してから抜け出す」

「それは危険です！　護衛を誰かお付けください」

「今のお前たちでは足手まといだ。一人の方が行動しやすい」

護衛の者たちがうなだれる。

今、この場でレイナルドを守れるほど傷の浅い者はいなかった。

レイナルド自身利き腕は動かせない。矢で射られた箇所がズキズキと痛む。下手に動き回るよりも身を潜めた方が生存できる可能性が高いためにそう告げた。

最悪の場合、無事であった愛馬で逃げることもできるだろうが、レイナルドにはこの場から離れられない理由がある。

姉の棺を置いていくことができないという理由が。

狙撃してきた者はレイナルドの事情をわかっていたのかもしれない。

レイナルドにとって姉が既に死して屍（しかばね）になっても尚、傍を離れて逃げることができないということを。

「追手がそろそろ来るはずだ。急いで離れろ。走れる者は救助を求めてきてくれ。マクレーン領であれば領主代理がいるはずだ。王都ならリゼル王に報告を」

護衛の者たちが頷き、怪我をした仲間や気絶した御者を抱いてその場を離れた。

無事だった馬を使い一人が道を走り出す。狙われる可能性も高いことは承知だろうが、今この場で無駄死にするよりは良い。

一人残ったレイナルドは姉の棺に手を添えた。

「申し訳ありません……姉様」

今になっても尚、彼女を守れない己の不甲斐なさを呪う。重い棺を抱えて逃げることなどできない。一度態勢を立て直してこの場に戻らなければならない。

「必ず迎えにあがります。どうかそれまでお待ちください」

レイナルドは名残惜しい思いを殺し、その場から身を隠すために移動した。

主犯は必ずこの場に訪れるだろう。辺りを探されるだろうことを見越し、自身の痕跡を消しながら隠れる場所を探した。

ようやく人一人分だけ入れそうな大木の穴を見つけ身を潜めた。肩の傷口を手で圧迫しながら痛みを堪える。

額からは脂汗が滲む。どうにか息を殺して相手を待つ。

遠くから馬の嘶き声が聞こえると、落ち葉を踏み歩く馬の蹄と人の足音が聞こえてきた。

「ありました」

遠くに聞こえる声は訛りの強い男の声だった。何人かの騒ぐ声の中を集中して聴き拾う。

周りを探すように指示する声と共に、馬を走らせる音も聞こえる。

その中で異質にも女性の声が聞こえた。

聞き覚えのある不快な声が嗤う。

「ありがとう。楽しい散歩だったわ」

レイナルドの中に流れる血が沸騰するほどに熱く感じた。

これほどまでに怒りを感じたことがあっただろうか。

忘れることがないティアの声にレイナルドは怒り狂いそうだった。

この場に場違いなほど優雅な様子で女性は乗馬していた馬から降ろしてもらい、地に転がるローズマリーの棺の前に立った。

顔を歪めた笑顔を向ける。

「お久しぶりですね。ローズマリー様」

少女だった頃と同じように挨拶を交わす。

「まさか亡くなってもまだ利用価値があるだなんて。さすがローズマリー様ですわ」

ティアがローズマリーの棺に近づいて言葉を交わす。まるでその場にローズマリーが存在しているように愉(たの)しそうに話しかけていた。

飛び出してティアだけでも首を刎(は)ねることができるのなら、レイナルドは飛び出していただろう。しかし、思うように動かない腕では何もできない。悔しさのあまり身体は震え出す。

これほどまでに憎いと思う相手がいるだろうか。

復讐を遂げたつもりでいたレイナルドの心がティアを殺せと叫ぶ。

殺してやりたい。

姉をいつまでも苦しめる女を八つ裂きにしてやりたい。

しかし感情の赴くままに行動する時ではない。

何故、ティアはここまで行動に移せるのかを考えろ。

そして姉の棺を移動させることを、何故ティアが知っていたのかを考える。彼女の目的は何か。小部族との繋がりは何なのか。

いくつかの推理を立ててわかったことは、この危険が自身だけでなく別の誰かにも降りかかる可能性があることだ。

そしてそれはマリーにも降りかかる可能性を見出した。

(内通者がいるとすれば……マリーが危ないかもしれない)

それでなくとも、今のマリーはレイナルドと噂をされるような関係にあった。

もしこの襲撃がレイナルドを陥れるための罠(わな)であるとしたら。

更にはレイナルドに対し大きな私怨を抱く者がいるとすれば。

間違いなく弱みとなる可能性が高いマリーを狙うはずだ。

(頼む……アルベルト……)

この不甲斐ない、不出来な自身に代わって彼女を守ってくれることを祈る。

もしレイナルドの立てた仮説が正解であるとするならば、マリーにも手が及ぶかもしれない。

それだけはあってはならない。

今は王都にいるであろうマリーとアルベルトに祈ることしかできないレイナルドは必死で願う。

このような愚かな事態を招いた己を呪うしかないままに。

レイナルドは祈り続けた。

故郷から持参した衣類の中から黒を基調としたワンピースを身に纏い、私はおかしな部分がないか確認する。

「地味すぎるかしら……でも、これ以上は飾れないし……」

長いシンプルなスカート。襟元の僅かな刺繍は時間がある時に自分で花模様を縫ったものだ。なるべくよそ行き用の私服を探しに探し、ようやく見つけたワンピースだけだと質素すぎるため刺繍を入れておいて正解だった。

今日はついに、マクレーン領に向かう日だった。

もう間もなくすればアルベルトが迎えに来てくれる。

ローズマリーの遺体が故郷へと戻り、墓碑へと弔われるための式典に参列するため、服も礼節を重んじて黒服にしている。葬儀というわけではないため喪服でなくても構わないのだが、かといって派手すぎる服もよろしくない。そもそもそんなに服を持っていない。

一応、大人しめな服でコーディネイトしたものの、これで良いのかわからず始終落ち着かなかった。

逸(はや)る気持ちで支度も既に済ませてしまった。あとはアルベルトを待つだけだった。

落ち着きなく部屋の中を歩き回っていたところで扉をノックする音が聞こえた。

約束よりもまだ早いアルベルトの到着と思い、はしたなくも声もかけず慌てて扉を開けてしまった。

まさか別の人物が立っていると思わなかったため、顔を見た瞬間驚いて小さく悲鳴を上げてしまう。

必ず相手を確認しないから、こういう失態をするのだ。

「驚かせてごめんなさい、リエラ……どうしたの？」

急に飛び出してきた私に驚いたのは訪れてきたリエラも同じだったようで、少し扉から離れたところで私を見るリエラに謝った。

まさか、同僚が朝早くから訪れるなんて考えもしなかった。

今日から何日か私は仕事を休みにしている。式典が終わるまで騎士団での仕事は休みにしていた。

といっても、団長であるアルベルトに付き添う形になるため「実務と変わりないですよ」とエヴァ様はおっしゃってくださっている。

そして遠出する旨は騎士団の方や他の侍女たちにも伝えているため、リエラも当然私が今日から出かけることを知っていたはずだ。

だからこそ、何故彼女が訪れてきたのかわからなかった。

「早くからごめんなさい……マリーが出かける前に仕事で確認したいことがあったの。今少しだけ平気かしら？」

「ええ……少しの間なら……」

リエラとは婚約者候補として侍女をしていた頃、何度か仕事で一緒になったことがあった。

王宮侍女の務めを行う間、身分や立場はなるべく意識しないようにするため侍女たちの間で敬称は控えるよう話をしてあった。

私と彼女は名前で呼び合う関係ではあったけれども、かといって親しいほどの間柄でもない。

彼女自身、婚約者候補の騒動がある前から侍女として王宮で働いていたため、仕事に関して教わることもあった。

ただ、彼女自身も婚約者の立場を狙っていたのか、もしくはレイナルドやアルベルトに好意を寄せていたのか私に対する風当たりは強かった。

この間のように鋭い視線を投げかけられることもあったけれど、それでも仕事に関しては真面目な彼女の言うことだから、今のような訪問もあり得ることかもしれない。

私は頷いた後、リエラの後を続き王宮の廊下を歩き出した。

「これからマクレーン領に行かれるのでしょう？　ローズマリー様の慰霊碑建立の式典が行われると聞いてるけれど」

「そうなの」

「貴女がローズマリー様の遠縁というのは本当だったのね」

リエラとの会話に私は笑って濁した。

リエラは足早に王宮の廊下や階段を進みながら、呼び出した理由を教えてくれた。

「王宮の地下にある備蓄庫に、騎士団の隊服が紛れていたの。中身を確認してみたら新しいものだったから、仕立てたばかりのものかと思って。届けた者に確認したら届け先が曖昧だったみたいで間違えて備蓄庫に移動させられたかもしれないのよ。本当はマクレーン様かエヴァ様に確認したかったけれど、隊服の手配は騎士団では侍女が行っていたでしょう？　だから一度マリーに確認してもらってから後でマクレーン様に報告してもらおうと思って」

「確かに新しい隊服なら何着か頼んでいたわ。それにしても備蓄庫に届いてるなんて……どうしてかしら」

備蓄庫は、王宮の倉庫のような場所であり非常用の備蓄を用意した場所でもあるが滅多に訪れることはない。

更に場所も悪く王宮の地下にあり、滅多に使われることはないはずだ。荷物を届けるにしても変わった場所すぎる。

時折仕事で使用する機会もあるけれど、私も数回出入りをした程度。しかも中は広く奥まで入ったことはない。

人けのない地下室の扉まで辿り着くと備蓄庫の鍵を取り出し解錠したリエラがまず先に入る。

リエラに促され、私は扉近くに置かれた室内用の燭台（しょくだい）を手に持ってから傍に置かれたマッチを使い火を灯（とも）した。

微かな光で備蓄庫の中を見回す。窓一つ見つからない暗闇の中には物が雑多に置かれていた。暗くて奥まで見えないが、やはり中はだいぶ広かった。

「あそこに置いてあるのが隊服よ」

リエラが指さす先に麻袋が確かに置かれていた。

暗闇の中を進むことに抵抗はあったものの、確認するためにも奥に進む。リエラを一瞥すると入り口の扉が閉まらないよう手で押さえている。

一歩前に進む。

「マリーが最近ローズ公爵とマクレーン様に可愛がられているって噂があるのは知ってる？」

「ええ。知っているわ」

また一歩進みながら私は僅かに警戒し出した。

「悪質な悪戯をされているのは本当？」

「そうね。そういった感じのことをされることもあるかしら」

王宮に住まう女性からこれ見よがしに足を引っかけられたり、わざと水をかけられるといった嫌がらせを受けることはあった。全て妬みからくるもので私は相手にしていなかった。

こういった嫌がらせは反応すれば余計に悦ばれると知っていたので無視していた。

露骨に態度に出す者もいたけれど、しばらくすれば姿を見かけなくなる。

多分だけれど、周りで見てくれている方がそれとなくレイナルドやアルベルトに知らせているのだと思う。

私から彼らに告げ口することはない。

そして、彼らが私に何か伝えることもない。

言えば衝突しそうなので、結果お互い黙り合っているのが実情なのかもしれない。

リエラはどうしてそんなことを聞くのかしら？

彼女の態度も気になって警戒をしていたけれど、理由がわからない。

私は更に警戒を高めて扉の前を見た。リエラは変わらず扉の前で待っててくれている。

一度考えた憶測を私は頭から消し去る。彼女が嫌がらせをするとはどうしても思えなかった。リエラは子爵家の生まれで、侍女でありながら身分も高い家柄の女性であり誇り高かったからだ。

悪質な嫌がらせをするほど落ちぶれた女性ではないと思う。

ただ、私に対して好意的でないことはわかっている。この間のように、時折睨むような視線を感じる時があったから。

純粋に恋情や羨望からの嫉妬ではない。

何かもっと、深い事情を抱くような視線。

(わからない……けれど、ローズマリーだった時にはよく見ていた気もするのよね)

ローズマリーだったあの頃は、単純な女性からの嫉妬以上に様々な感情が渦巻いていたから。

リエラの視線を受け取った時も思い出したのは、その当時に感じていたような視線だったということ。

得体の知れない緊張から私は急いで隊服の入った袋を手に取ると中身を確認した。

彼女が言った通り私が依頼して仕立ててもらった隊服のようだった。

「リエラの予想が当たったわ。騎士団の隊服みたい……」

顔を上げた時、離れた扉の前で悲痛な、それでいて歪んだ表情を浮かべるリエラが目に映った。

悪質な嫌がらせでもなく嫉妬からでもない、怯えた表情に近かった。

「ごめんなさいマリー」

その瞬間、扉が閉まる重厚な音がした。

突如襲う暗闇に混乱しながらも、私はさっきまで開いていた扉まで辿り着いて扉を開けようとしたが鍵がかかっていた。

「リエラ！　どうして⁉」

敵意を剝き出しにする彼女だけれども、嫌がらせに手を染めるような女性ではないと思っていた。何よりこの地下室に閉じ込められてしまえば、次に訪れる者がいない限り開けられる可能性は少ない。

（嫌がらせにしては事が大きすぎるわ……！）

ドンドンと強く扉を叩いても反応はない。

扉の先から女性の靴音が走り遠ざかる音だけが聞こえた。リエラは既にこの場を離れてしまった。

弱い光を灯す燭台を持った手に力がこもる。

どうにかして中から出なければ。

もう間もなく訪れる予定だったアルベルトにどうすれば伝わるだろう。そもそも気づいてくれるのだろうか。

不安に押し潰されそうになりながらも、私はどうにか暗闇の中で脱出の手助けになりそうなものを探し出した。

暗く何も音がしない世界に身体中が震え出す。

この感覚は、ずっと昔に覚えがある。
暗闇で閉じ込められる。
温もり一つなく、寒さと沈黙が身体を包み込む。
そう、牢獄(ろうごく)だ。
ローズマリーが投獄された牢を彷彿(ほうふつ)させた。
涙が滲み体の震えが止まらない。
「あ……ああ……待って……」
本能が恐怖に負けそうになる。
どうにか意識を取り戻すため、身体を強く抱きしめうずくまった。
一心に目の前に灯る燭台の火を見つめた。
(大丈夫、ここには灯(あか)りがある)
ローズマリーの時のように閉じ込められたわけではない。
出られるチャンスは絶対にある。
ローズマリーの時には助からないと諦めていたけれど。
「今の私はローズマリーじゃないでしょう?」
あの、罪に問われ檻(おり)に閉じ込められた日々は過去の話。
冷静になれ。
私は私を叱咤(しった)する。

そうしてようやく落ち着きを取り戻す。

まだ身体は強張っているけれども、どうにか燭台を手に取り直して辺りを見回す。

薄暗く狭いことに変わりはないけれど一つだけ気になる音がする。

僅かに唸るような音が聞こえてくる。初めこそ恐怖を増すだけの音だったけれど、冷静になって考えれば聞き覚えがあった。

実家の古い建て付けで風が吹き抜ける時の音に似ている。

「もしかしたらどこかに抜け道があるのかも」

王城には王族が襲撃にあった時の非常用の脱出経路がいくつか存在している。私自身はわからないけれど、もしかしたらという可能性は捨て切れない。

音が鳴る方へ近づけば段々に音の位置がわかり、その場に辿り着いて気づく。微かに風の気配を。

「やっぱりここ……ここから風の音が聞こえる」

音が鳴る壁を押すが反応は鈍い。

何か仕掛けがあるかと辺りを燭台で照らす。

どうにか仕掛けを探していると、壁の向こうから微かに靴音が聞こえてきた。

一瞬助けを呼ぶために叫ぼうと思ったが思い留まる。

(タイミング良くこんな所を訪れる人が助けてくれる?)

嫌な予感ほどよく当たる。

近づいてくる声は男の声で、「この辺りか？」と言いながら壁の近くで何かを探すように動いている。声の数も一人ではない。どこか訛りめいた声色は王城に勤める者の声ではない。

私は急いで燭台の火を消し、壁近くにあった物陰に身を潜めた。

壁の向こうから二人ほどの男が何かを探している。

「王妃のメモはあるか？」

「これだろう」

王妃、という単語にどれだけ心臓が跳ね上がっただろう。

口元から息を漏らさないよう口を押さえた。

彼らは今、王妃と言った。

つまり、彼らの協力者に王妃……ティア妃がいることがわかる。そして、何故このような隠し通路を知っているかも。

(王妃はここから逃げ出していたのね……！)

レイナルドが反乱を起こした日、ティア妃の姿はなかった。

王城のどこを捜しても見つけられなかった王妃は隠し通路を使い城から抜け出していたのだろう。

そして、不審者らしきこの者たちを城内に入れるための手段として使おうとしている。

壁がゆっくりと開く。

どうやら仕掛けに気づき壁を動かし出した。

（どうにかここから逃げないと……）

タイミング良く閉じ込められ。

同じタイミングで訪れる者たちの目的。

多分、私だ。

理由もわからないけれど、それだけは理解した私は。

どうにか逃げ切るために身を潜めながら壁に目を向けた。

僅かに開いた先に出口を見出し、神経を集中させた。

鈍い音を立てて開いた隠し扉から現れた男は予想通り二人だった。

彼らが持つ蠟燭の灯りから顔を確認するも見覚えのない顔だった。服装は商人のような軽装で、手に大きな麻袋や縄を持っている。

（リエラが招き入れたのかしら……ううん、違う）

先ほどの彼女の様子からそうではないと自分の考えを否定した。

何より彼女が隠し扉を知っていたとも思えないし、最後に見た彼女の顔は怯えた様子で、覚悟を決めたように私を閉じ込めていた。

ともすればその裏には誰かがいて、この男たちに隠し通路のありかを教え私を連れ出すように命じたのかもしれない。

そしてその裏に通じる者の一人がティア妃なのだ。

（どうして私を？）

何も価値なんてないと思うものの、考えられる可能性として出てきたのはローズマリーやレイナルドの存在。慰霊碑移動というタイミングも良すぎる。

もしかしたらレイナルドに関わる何かだろうか。

（ひとまず逃げ切らないと）

考えても無駄だと思い、彼らが備蓄庫の奥まで入る機会を窺った。

できれば見つからずに隠し通路から逃げ出せればと思うけれど、その前に見つかっては元も子もない。

タイミングを見計らいながら、私はゆっくりと隠し通路の扉となっている壁に近づいた。

「いたか？」

「駄目だ。こっちじゃない。暗くて見えない」

男たちが捜す目的は私だと改めて理解した。

このままいてもダメだとわかり、今だ！　と心の中で合図をうち、急いで隠し通路へ逃げ出した。

道もわからない、どこに通じているかもわからない隠し通路に賭けるしかない！

「待て！」

私に気づいた男たちの声を無視してひたすら廊下を走る。

一本道の薄暗い回廊の先に小さな扉が見えた。鍵がかかっていないことを確認して扉を開けた。

出てきた場所は小さな物置部屋だった。見覚えのない場所だったけれども、今は追手をどうにかする方が先だ。

雑多な物の中からどうにか棚を動かして扉の前に置き入り口を塞いだ。やってきた男たちが扉を開けられずに激しく扉を叩く。

恐怖に怯える身体を叱咤して出口を探したが、扉は地下の備蓄庫に繋がる扉しかなかった。そこは既に私が塞いでいるため出入りは勿論できないし、扉を開けようとドンドンと体当たりしている音が響く。

外に通じる場所を探し回り、ようやく小さな窓を見つけた。古く軋んだ窓はうまく開かず、おまけに鍵までかけられている。

時間が勿体ないと、近くにあった小物で窓を強く叩く。

バリン、と音を立てて硝子が割れる。躊躇せず壊し、人一人分出入りできるぐらいまで割り、どうにか外に出る。

途中硝子の欠片によって皮膚を傷つけたけれど緊張のせいか痛みはない。

ありがたいことに窓の先には地面がすぐにあったため飛び出して辺りを見回した。

「ここは城外……？」

まさかこのような場所に通じる道があったなんて。

城壁が周りにそびえる場所から、どうにか知った場所はないか走り出す。

人もいない城壁と林に隠された隠し通路。なるほど、これなら逃亡もできる。外側から扉がないのもここから侵入者を引き込まないためなのだろう。外から見てみれば、先ほどまでいた建物は小さな箱のような形をしていた。とてもではないが人が出入りしようと思えるような場所ではない。

とにかく逃げなくてはと、必死に走るけれども人の姿が見当たらない。せめて城門まで行けば誰かいるはずだ。けれど祈りも虚しく、閉じ込めていた男たちが抜け出してきたらしく建物から出てきて私を捜し追いかけてくる。

(どうか、助けて……!)

もう苦しくて走れない身体をどうにか気力を振り絞って走っても、男たちの脚力には敵わず。ついには追いつかれ走っていた腕を無理やり摑まれる。

私は大きく悲鳴を上げる。せめてこの声が届けばと助けを呼ぶも口元を塞がれる。

「大人しくしろっ!」

抵抗し続ける私の腕を持っていた縄で縛り、暴れる私を無理矢理担ごうと男たちが抱える。

身体が恐怖で震える。悔しさから目尻に涙が浮かぶ。

それでも、助かるために何とかできないか考え。

(くら……え!)

まだ自由だった脚を大きく振りかざし、男の急所に当てた。

ぎゃあと、潰れたような叫び声を上げて男の手が緩んだ瞬間、両手を縛られた状態のまま私は逃げ出した。

うずくまる男を放ってもう一人の男が私を追いかけてくる。

（あと少し……あと少しだから……！）

捕まるわけにはいかない。

見覚えのある城門に着くまで持ちこたえて！

けれど願いは虚しく、息を切らした男によって身体を掴まれ私は地に押し付けられた。

「この野郎……っ！」

殴られると思い目を閉じた。

しかし痛みは訪れず、その瞬間、男からひどい悲鳴が聞こえたと同時に男が私の横に倒れた。

倒れた背中には矢が刺さっている。

震えるままに矢が放たれた先を見る。

救いを求めて身体を起き上がらせた時。

そこに見えた姿に私は涙がとめどなく溢れた。

弓矢を持って私の元に駆けつけてくれるアルベルトの姿を遠目に見つけ。

私は安堵から思いきり泣き出してしまった。

（少し早かっただろうか）
王宮侍女が寝泊まりする部屋の廊下を進み目的地に到着したアルベルトは緊張していた。

今日は丸一日マリーと共に馬車で移動し、自身の領地となったマクレーン領に向かう日だ。

好きな相手と出かけるというだけでこれだけ気持ちが逸るものなのかと、三〇も越えたいい年になったアルベルトは不慣れな感情に苦笑した。

恋愛感情といった類のものは遥(はる)か昔に捨て置いたものだと思っていただけに、最近のアルベルトは思春期の青年のような気持ちが時折現れては自身を燻(くすぶ)らせている。

今もそう。本来なら約束の時刻までまだ少し時間があるというのに、早く会いたい一心でマリーの部屋に足が向かってしまった。

迷惑にならないだろうかと思いつつも扉を軽く叩いた。

しかし返事はなかった。

まだ寝ているにしては時間が遅い。支度中だとすれば声をかけてくるはずだ。

「マリー。アルベルトだがいるだろうか」

少し声を上げて再度扉を叩く。が、返事はない。

妙に不安がよぎり失礼ながら扉に手をかけた。鍵がかかっていない。

「悪いが入るぞ」

もし部屋にいてアルベルトの声が聞こえていなかったのであれば謝罪しよう。そうではなく何か問題に巻き込まれているのではないか、という不安から部屋に押し入った。

最近、レイナルドとアルベルトに近づく女性としてマリーが陰口を叩かれていることは知っていた。

勿論アルベルトとしても否定し、そのような悪評が立たないよう精いっぱい行動はしていたが、それでも噂が立つのが王宮というもの。

なるべくマリーに害が及ばないよう警戒をしたり、レイナルドと共に見張ることもあった。

（彼女に何かあったか？）

害が及んでいるかもしれないという不安がアルベルトを襲った。

部屋の中に入れば出発できるように支度し終えた様子が窺えた。出かけるための荷物も用意されており、あとはマリーさえいればすぐにでも出発できる状態だった。

けれど再度声をかけても彼女の姿はない。

マリーの性格からしてアルベルトが訪れることをわかっているのに出かけるとは思えない。

だとすれば、第三者によって部屋から移動させられた可能性がある。

アルベルトは急いで部屋を出た。

しかし目的地が見つからない。

どうすれば良いか考えている間に王城内で見張る騎士にマリーを捜すよう指示を出した。騎士は状況を理解したらしく、他の者にも伝えるため走り出す。

もし連れ出されたとしたらどこだろうか考える。

王宮の人間であれば人目につかない場所だろう。その行為が嫌がらせであれ何であれ、悪意ある行動を起こすのであれば人目を避けるはずだ。

王宮外の人間であれば城外に抜け出すだろう。しかし、王宮内に城外の人間がいればすぐに見つかり追い出される。

何より顔も知らない人物に対してマリーが扉を開けるはずなどない。部屋には乱暴されたような痕跡はなく、不意打ちであったとしても、逃げるような行動を取るのであれば多少部屋は乱れるはずだ。

だとすれば顔見知りだ。

アルベルトは王城内を走る。王宮の使用人を見つけてはマリーを見ていないか問うものの誰一人として見かけていない。

ふと、一人の女性と目が合った。

彼女の名前をアルベルトは覚えていた。

リエラだ。彼女と目が合った時、確かな手応えを感じた。

リエラは顔を青ざめさせたまま、アルベルトの視線を避けた。何かしらやましさがない限り目を逸らすようなことなどないだろう。

「リエラ嬢」

改めて名を呼び逃げ出されないようにそれとなく退路を塞ぐ。

彼女は俯きながら呼びかけに応えない。もう一度改めて名を呼ぶ。アルベルトの声が低く、普段は女性に紳士的である彼からは想像できないほど威圧を含む声色だった。

「マリーはどこだ」

「わ……私は……存じません」

「言え。彼女をどこにやった」

リエラに迫った。

視線に宿る殺気を隠そうともせず顔を寄せた。

これ以上黙るのであれば実力行使もと考えている間にリエラの瞳から涙が流れた。騎士団長を務めるアルベルトの気迫ある詰問に、一介の侍女でしかない彼女の心は早々に折れた。

「……備蓄庫です……脅されて、彼女を連れ出しました……申し訳ございません……」

「わかった……」

すぐさま駆け出したい思いを一度殺し、近くの衛兵に彼女を差し出した。

「団長補佐に彼女を引き渡せ。マリーの件で事情を聞くように伝えてくれ。あとすまない、弓を借りてもいいか」

衛兵が携帯している弓矢を受け取りアルベルトは走り出した。

剣は常備しているが弓矢は持っていなかったため借り受ける。

（備蓄庫であれば閉じ込めているだけだろうが……外に連れ出されていた場合を考えなければ）

これ以上の非常事態が起こらないとも限らないため緊急時に向けて装備を借りた。できればあとは馬もほしいところだが、今は時間がない。

事情がわからないにしても時間がないことだけはわかった。

嫌がらせで閉じ込めたにしてはリエラの顔は恐怖に染まっていた。「脅された」というからには、誰かがマリーを狙っている。

誰が彼女を狙うというのか。

彼女を奪われるわけにはいかない。

怒りを抑えアルベルトは備蓄庫に向かった。

足早に駆け下りて到着した地下室には鍵がかかっていた。だが、向かう途中に人の姿はなかった。

(誰も来ていない？　中にいるのか？)

どういうことか考える。

マリーを閉じ込めるだけだったのか、もしくは中に誰かが侵入し、中側から鍵を閉めたということか。

思いきって備蓄庫の扉を蹴る。頑丈な作りのため簡単に壊れない。何度か無理やり扉を蹴り叩くと僅かに扉が傾き崩れた。

ここぞとばかりに扉を大きく蹴ると、ようやく中に入れた。

「マリー！」

叫ぶが返事はない。

奥まで入ると微かに光が差す場所が見えた。

「隠し通路？　こんなところに――」

覚えのない隠し通路に驚きながら、そのまま中を進む。

進んだ先に見えた物置が遥か前、城外の端に作られた倉庫ということにアルベルトは気がついた。

人の少ない場所に何故作られたのかと思っていたが、非常用の出口だったのか。

人が出入りした痕跡を見つける。窓が壊されている跡も。

アルベルトは後を続くように外に出た。遠くから人の気配を感じた。研ぎ澄まされた感覚から、人に害なす気配だとわかる。

ひたすらに気配に向けて走れば、遥か遠目に男の姿が見えた。

あれだ、とわかった。

男が誰かを捕らえる姿が見えた瞬間、アルベルトは立ち止まり弓を引いた。

遠くても射てみせる。

マリーに害を与える者を取り除く。

走り乱れた息を整え指を離し、矢が真っ直ぐに飛び男に当たる。

男が倒れる。

アルベルトは走り出す。アルベルトに気がついたマリーがこちらに気がつき。

張り詰めていた緊張が解けるように、彼女の瞳から涙が溢れていた。

間に合って良かった。

今度はちゃんと助けられた。

アルベルトは心から喜びに震えながら、涙を流すマリーを強く抱きしめた。

アルベルトの腕の中にしがみついて、怖くて震えていた私の身体がようやく落ち着いてきた。

すると聞こえてくる胸元の心臓の音が心地よくて、思わず縋（すが）りつきたくなったけれど。

ふと考えれば、今いるのはアルベルトの腕の中で。

我に返って身体を離そうとしたけれど、背中に回された腕の力は緩まず私を抱きしめている。

急に恥ずかしくなって、顔を赤く染めながら見上げるとアルベルトと目が合った。

心配そうに覗く顔を見てくれるその焦茶色の瞳がひたすらに恋しく思えた。

ずっと、アルベルトが私ではなくローズマリーを見ているのではないかと悩んでいた。

過去の姿を投影して想いを告げられたのではないかとか考えて、素直に彼からの好意もうやむやにしていた。

ローズマリーの面影を、誰よりも気にしていたのは私だった。

（もう……いいや）

ずっと胸に抱えていたわだかまりさえ、もういいやと思えた。

たとえローズマリーのことを忘れられずに想われていたとしても。

今こうして駆けつけてくれたアルベルトが嬉しくて、誰よりも愛しくて。

私は自分の心にあったわだかまりを捨てて、身を寄せるようにアルベルトにもたれかかった。

「大丈夫ですか？」

「はい。ありがとうございました。でも、どうしてわかったのですか？」

無事を確認したアルベルトが抱き留めていた腕を緩め私を見つめる。

「失礼ながら貴女の部屋を覗いたら姿がなかったので捜しました。とにかく無事で良かった」

姿が見えなかっただけで捜しに来てくれたことが嬉しくて、また涙が出そうになったけれどもグッと我慢した。

アルベルトは私の無事を確認すると私を拘束していた腕の縄を短刀で切った後、倒れている男たちの元に駆け寄った。

私を引きずろうとしていた男は矢で射抜かれていたけれど、もう一人の男はどうなったのだろう。

さっきまで逃げることに必死でどうなったのかわからなかったけれど、どうやらもう一人はアルベルトの存在に気づき逃げていたらしい。

追わなくてはと思ったけれど、アルベルトは私の考えを察したらしく「大丈夫です」とだけ伝え男を持ち上げた。

呻き声が出ているので意識は辛うじてあるらしい。

「いたいた。団長～」

城門近くからエヴァ様の声が聞こえた。

何名かの騎士と共にアルベルトの元に駆けつけてきてくれた。

「不審な男が王城から抜け出そうとしていたから捕まえましたよ」

「よくやった」

先ほどの男はどうやら騎士たちによって捕らえられたらしい。

「騎士団の牢にぶち込んでおきます。あと、リエラ嬢も客間にお連れしておきました」

リエラの名前が出され私は顔をアルベルトに向けた。

彼は既にこの件でリエラが絡んでいることを知っていた。

アルベルトは男をエヴァ様に引き渡すと私の膝裏に腕を回し持ち上げたと思ったら、そのまま横抱きにして歩き始めた。

「すぐに向かう」

「ア、アルベルトさま！」

私を抱えながら足早に向かうため、上擦ってうまく声が出せない。

突然に抱きかかえられたことに驚いている間、アルベルトは騎士団の建物に向かう。

高くなった視線の先で笑っているエヴァ様がいる。

「歩けますから下ろしてください」

「脚を怪我しているでしょう。お断りします」

言われて私はスカートから覗く足下を見た。何てはしたない格好だろう、というのは置いておいて。見れば確かに切り傷がいくつかあった。

思い出してみれば、窓を壊し外へ出た時に傷ができたのだろう。あまりに展開が早すぎたことで痛みも感じていなかった。

「脚だけではないですよ。腕も」

間近で見下ろす視線が少し怒った様子で言ってきた。改めて腕を見ると、脚と同じように切り傷がいくつか。

「すぐに手当てをしよう」

「そこまで痛くないので大丈夫です」

それよりも今はこの事態を把握することが大事だった。と思った私の顔をまた焦茶色の瞳が怒ったように睨んできた。無言の圧力。

「すぐに手当てしましょう」

「……はい……」

今は大人しくしていた方が良さそう。

私は、自分が歩くよりも早いスピードで進むアルベルトから落下しないよう肩に掴まっていた。周囲に好奇の目で見られながら騎士団の建物に入った。

傷の手当てを受けている間にエヴァ様が男たちに尋問を行ったらしい。

団長自ら手当てをするという異様な光景の中で報告してくださった。

「あいつら全く口を割らないですね。まあ当然かもしれませんけど。もう少し時間をかけて吐かせますが、とりあえずディレシアスの人間ではないですね。北部の訛りがある。あと、男たちが来ることはリエラ嬢も知らなかったみたいですよ」

リエラへの尋問は既に終わっていた。

報告によると、彼女の家はかつてグレイ王の側近として務めていたため王の失脚に伴い彼らの立場も大きく変わってしまっていたとのことだった。

それまで自領をうまく回さずに王の甘い汁を吸っていたために家が困窮したらしく、王宮で勤めるリエラに随分無理な要求をしていたらしい。

王子に何とか声をかけてもらえないかとか、金銭的に援助してもらえる者を探してほしいだとか。

子爵の令嬢としての誇りもあったリエラにとっては屈辱だっただろう。

当時頭を悩ませていたリエラに、ある日、とある貴族からの使いだという者から金銭を渡された。

そして、協力してほしいと頼まれたのだという。

要は利用されたのだ。

使いだという者はこう言った。

『貴女はマリーという使用人を知っているだろう？』と。

リエラは、急に現れてはローズ公爵や騎士団長と過ごす私に負の感情を抱いていた。

彼女自身から直接的に嫌がらせを受けたことはないけれども、視線から嫌悪を抱いていることを知っていたので私は特に気にせず話を聞いていたのだけれど。

そっと気遣うように手を握ってくれたアルベルトと目が合う。

私は大丈夫という気持ちを込めて微笑んだ。

リエラは使いだという男から話を聞いた時、何故私の名前が出たのかわからなかった。

ただ、名前を伏せられた依頼人がマリーを嫌っているため少しだけ彼女を足留めしてほしいと相談されたらしい。

実行日はマクレーン領に向かう日の朝。

一介の使用人風情が、ローズマリー令嬢の縁戚に当たるという理由だけで公爵や騎士団長と懇意にし、式典にまで出席することが気に入らないと、多少は感じていたリエラは男に協力した。実際は金も受け取っていたため断ることもできなかっただろう。

足留めのために備蓄庫に閉じ込めてほしい、と言われた。

最初こそ共感して実行しようとリエラは同意したが、実行する当日になって段々と不安に駆られていったらしい。

嫌がらせのためだけにどうして少なくない金を渡してきたのだろう、と。

備蓄庫は閉じ込めるには確かに良いかもしれないけれど、閉じ込めるだけならもっと良い場所もある。

それに閉じ込めて一体何をするつもりなのか。

リエラは段々恐ろしくなっていった。

けれどもらった金は既に父に渡していて返すこともできない。

そうこうしているうちに実行してしまったということだった。

「もう合わす顔がないと言っていました」

エヴァ様から言われ、私は何とも言えない気持ちで微笑んだ。

こうなってしまった以上、リエラは王宮で勤めることはできないだろう。合わす顔がないというけれども、そもそも会える機会すら彼女は失ってしまったのだ。

「その使いという人は……」

彼女を動かした相手を知りたくて尋ねたが、エヴァは首を横に振った。

「身分が高いということはわかってるようですけど、どこの誰かまでは知らなかったみたいですね。そんな怪しい奴の言うことを聞くなんて愚かすぎるって話ですよ」

辛辣だけどその通りだと思うので何も否定しなかった。そして改めて考える。

身分が高く王の側近だったリエラの一族の事情を知っている者。

そして、あえて備蓄庫に閉じ込めるよう指示したのも隠し通路の存在を知っており、そこから男たちを使って私を誘拐しようと考えていた。

王宮でも知る者が少ないだろう隠し通路を知っていた人なんて。

そこでようやく私は男たちが口にしていた名を思い出す。

「王妃です……そう、王妃って言ってました」

思わず声に出してしまったことに気づき慌てて口に手を当てた。が、

「そうだな」

「マリー嬢、大正解！」

二人は既にその推測に至っていたようだった。

王妃の存在が可能性として現れたことでリゼル王の元に急いで使いを出す必要が出てきた。

タイミングが悪いことに、リゼル王は現在視察で各領地に出向いているため王城にはいなかった。

「誘拐しようとした男たちも雇われでしょう。ただ気になったのは北部の訛りがあることです」

エヴァ様の話によれば、尋問した男たちは身分も不特定でガラが大変悪い様子だった。しかし依頼人の口を割らないあたり忠誠心のような強い意志があるようだ。

こういった類の人さらいや悪人の場合、重罪の扱いであり最悪死罪の可能性も出てくるため、罪の軽減を望むため口を割ることの方が多い。

しかし男たちは全く口を割らない。王妃の名を出しても反応が悪いとのこと。

「挑発してみせた時の言葉訛りからして北部の小部族が絡んでいる気がするんですよね」

「……だとしたら」

「マリー？」

私は最悪の想定に辿り着き、急いでアルベルトにしがみついた。

「レイナルドが危ないかもしれません！　急いでローズ領に確認しないと……！」

「レイナルド……そうか」

アルベルトも理解をしたらしく顔色を変えた。

北部の小部族は一〇年以上前にレイナルドによって騙され北部の領地を奪われている。その怨恨が関係しているのだとすれば、本命はレイナルドだ。

「王妃が裏で絡んでいるかもしれませんが、レイナルドを狙ってのことだとしたら彼にも危険が及んでいるかもしれません。彼は今？」

「……ローズマリー様の棺と共にマクレーン領に向かっているところだ」

そのタイミングの悪さから、危険な状態であることを理解した。

胸が不安からドクドクと波打ち出す。

こういった時こそ、嫌な予感というものは当たるらしく。

「団長！」

騎士団の一人が息切れしながら私たちのいる執務室に入室してきたと同時に、最悪の知らせを届けてくれた。

「レイナルド・ローズ卿を護衛していた者から、公爵が襲撃にあったとの報せがありました！」

悲しいことに、私の予感が的中した瞬間だった。


王城に瀕死状態で駆けつけてきたローズ領の護衛は、深手の傷を負いながらもレイナルドが棺を移送中に襲われたことを教えてくれた。

ローズ領に戻らず身を潜めていること、逃げ出せた者は王宮やマクレーン領に行き、状況を伝えるよう言われていたことを話した。

報告しに来た護衛の治療を待機していた騎士に命じ、更にアルベルトはリゼル王へ今聞いた話を伝えるように指示を出した。

「まずはレイナルドの救出ですね。急いで向かわなければならない。フィール。王都はお前に任せる。第一、第二部隊を借りていいか？」

「わかりました。追加が必要な事態があれば連絡を寄越してください」

「わかった。マリー、貴女は王都で待っててください」

「そんな！　ご一緒させてください！」

レイナルドに危険が及んでいるのに、落ち着いて待ってなどいられない。

「どうかご一緒させてください！」

「ですが」

「そうですよ団長。彼女はたったさっき襲われたばかりです。また襲われたとしても、私が間に合うか怪しいんですから。だったら一緒に連れてって守ってもらった方が安全ですよ」

エヴァ様が援護に回ってくれた。心の中で感謝しつつ私はアルベルトに詰め寄った。

足手まといになることはわかっているけれども、王宮でじっとなんてしていられない。

「……わかりました。ではすぐに向かいます。マリーは絶対に私から離れないように」

「はい！　ありがとうございます！」

私は感謝してアルベルトの手を強く握り、それから急いで彼らと共に出発の準備に向かった。

王城内が騒ぎ出す。

朝の訪れと共に現れた騒動に寝ぼけ眼だった者たちは何事かと口を開く。

支度を終えた私は最低限の荷物と共にアルベルトの乗る馬に相乗りさせてもらい、騎士団の部隊が号令と共に王都を離れる。

幾多の馬の蹄が城下町に響き渡る中、私はひたすらにレイナルドの無事を祈った。

レイナルド。どうか無事でいて。

きっと彼のことだ。ローズマリーの亡骸（なきがら）を盾にされ動けないかもしれない。

それすらも、今回の計画者は計算していたのだろう。

彼らを襲撃したという場所まで王都から馬で駆けて数時間はかかる。

「マリー」

猛スピードで走りながらも、私を落とさないようアルベルトが背後から強く抱きしめる。

このような事態だというのに胸が騒ぐのは不安以外の何かで、私は小さな声で返事をした。

「どうか、絶対に私から離れないで」

再三言われている指示に私は頷いた。

不謹慎にもこうして傍に感じるアルベルトの温もりに心が和らいだ。

さっきまでどれだけ怖かったか。それでも、こうしてアルベルトが近くにいるだけで心の底から安心できる。

離れろと言われても私が離れたくない。

いつから、こんなに私はアルベルトに依存してしまったのだろう。

彼のことを前世の記憶で思い出した時には持っていなかった感情だった。

ローズマリーの記憶に残るアルベルトは、幼い頃に小さく芽吹いた初恋の相手ではあったけれど、叶うことのない現実の中で消え去った思い出の一つでしかなかった。

記憶を取り戻し、彼やレイナルドに前世のことがバレてから過ごす機会が増えて。

気づけば当たり前のようにレイナルドとアルベルトは私の傍にいてくれた。

復讐という言葉に呪われた彼らが、ローズマリーの想いを知り生まれ変わったように前を見てくれるようになって私自身も嬉しかった。

彼らがローズマリーの亡霊から解き放たれてくれることはローズマリーの願いの一つでもあったから。

共に食事をし、共にくだらないことで笑い合える時間が愛しかった。

ローズマリーが叶えたかった願いをマリーとして生まれ変わった今叶えられることが、私自身も嬉しかった。

それと同時にマリーという私が必要とされているのか、それともローズマリーとして必要とされているのか不安になってしまったのは。

あまりにも彼らと過ごす時間が愛しくて大切だから。

けれどもう迷わない。

私は私。

ローズマリーの過去も全てひっくるめて。

全部を受け止めたマリー・エディグマが、今の私の全てだと。

そう思い直したら自分の中で気持ちがスッキリした。

馬が走る中で見えた昇る太陽の光が眩しく、私は思わず目を閉じる。

心地よい風と太陽の日差し。傍で感じるアルベルトの温もり。

そのどれもが大切だからこそ。

私は大切なものを守るために、過去の呪縛となる王妃と対峙(たいじ)しないといけないのだから。

第七章　ティア

『は、初めましてグレイ王子……今日から王子の侍女となりますティア・ダンゼスと申します。よろしくお願いします！』

顔を赤らめて。少しだけ頼りない様子で見せて。

『グレイ様はとてもお優しいのですね……失敗した私のことをそのようにおっしゃってくださるなんて……』

頼りなく見せながら、相手を尊敬する感情を伝える。

そうすればほら。

彼はまんざらでもなさそうでしょう？

手札を使い、頭を使い行動したことが結果として反映されていくゲームは愉しい。

そうして王子はティアの元に陥落した。

ゲーム終了。

ティアはいつもそうして自身が作り上げるゲームを考えては攻略し、勝利する悦びを得ていた。

彼女の父に命じられ王子の侍女として仕えるよう言われた時も、彼女のゲームは王子と恋人関係になることを目的とした。

それが終われば、次は王子と婚約関係にあったローズマリー・ユベールとの婚約破棄というゲームだった。

それとなく人を使いローズマリーがティアを迫害するという噂を立てる。

更には彼女からいじめを受けたという証拠をねつ造する。

ローズマリーの父親であるユベール侯爵に関してはティアの父が遊び相手にしていたらしく、次第にユベール侯爵家は窮地に立たされていった。

ゲームが重なるとこんなにも影響が大きくなる。

ティアは怯え震える演技をグレイに見せ、安心させるように抱きしめてくる腕の中でそう思っていた。

ゲームの最中、一度だけローズマリーに忠告されたことがあった。

『貴女のしていることはやがて貴女に降りかかってくるでしょう』

まるで預言者のような物言いだった。

牢獄に入れられ、あとは処刑を待つだけだというローズマリーと会った時のことだった。

ゲームには勝利し、敗北者からそのように言われることは不快だった。

けれど彼女はあと数日もすれば処刑される。ゲームはティアの勝利だったのだから。

ローズマリー・ユベールが処刑され、ティアがグレイ王子の婚約者となってからはすんなり物事が進むので興醒めしていた。他に何かゲームがないかと探すも、今まで遊んできたゲームに勝るものはなかった。

ただ、一つゲームになりそうな要素はあった。

ローズマリー・ユベールを処刑した時に見かけた少年だ。

涙を流し姉の死を悼むレイナルド・ユベールが、彼の愛する姉が処刑され縄にぶら下がるローズマリーを見た後にティアを睨んだのだ。

殺してやると言わんばかりの怒りに、ティアは新しいゲームが生まれる悦びを得た。

けれど期待と裏腹にゲームは始まらずティアは気づけば王子妃となっていた。

既にゲームを終えた夫との間に子供をと命じられるため、夫との時間に労力を費やし王子を一人産んだ。

産み終えた時の感想はもう二度と出産をしたくない、ということだった。

ゲームと考えられるほど出産は楽しくなかった。初めて感じる痛みにティアは辛く流したくもない涙を流し、どうにか赤児（あかご）を産んだが。

これほどまでに子を成すことが辛いとは。

ゲームばかりに時間を費やしてきたティアは自身の痛みに弱かった。痛覚ほど現実に戻されることはない。遊びこそ生きる価値であると見出したティアには痛みしかない出産が嫌だった。

だからこそ第一子が王子であることを喜んだ。もうこれで子供を産まなくて済むと。

時を得て、ようやくゲームが始まる兆しがあった。

レイナルド・ユベールが北部の小部族を制圧した報せが王宮に届いたからだ。

それまで暇を持て余していたティアは、夫の悋気（りんき）で遊んでみたり人にはできない豪遊をしてみたりと小さな戯れ程度の刺激しかなかったため、この報せに大いに喜んだ。

ようやくあの少年がゲームを仕掛けてくる。

どのようなゲームをしてくるのだろうか、こちらも用意をすべきだろうと考えた。

まず手駒を増やすために隠密を雇った。

あいにくと、王妃という立場のせいで行動が制限されてしまう。できる限りの戦略を立てる。

王宮にレイナルド・ローズ公爵となった少年の名が広まっていくにつれ、ティアは立場が揺らぐことを体感した。

このままでは彼がゲームの勝者になる。

ならばその前に退路を作らなければ。

ティアは何かあった時のために脱出経路を用意した。幸いなことに誰も存在に気づいていない古い隠し通路を見つけたため、何かあればそこから逃げ出せば良い。

次に逃げた後の足を用意した。ダンゼス派から繋がり、ティアに加担する貴族も多少は存在する。今まで甘い汁を吸わせながら育ててきた貴族だ。役には立つ。

それからティアが極秘裏に動いたのは、レイナルドに対する切り札を作り上げることだった。

隠密にレイナルドの行動を調査させた結果、彼が亡きローズマリーの遺体を隠し持っていることを知った。これは良い情報だと思ったが、使いどころが悩ましい手札だ。

更にはティア独自で北部地方の小部族と連絡を取った。

彼らはレイナルドに騙され領地を奪われたことによりレイナルドへの復讐心が強い。

レイナルドがティアに対し復讐を果たしたいというのであればこちらも復讐という切り札を

作るまで。

小部族の者たちは、多くを望まなかったがレイナルドという男の死だけは強く望んでいたため意見が合致した。

ああ、何て愉しいゲームなのだろう。

久しく遊んでいなかった遊興にティアは満たされていた。

王宮から逃げ延び、ティアの配下である貴族に逃がしてもらい小部族のいる砦まで移動した。

それからは小部族の元で計画を練った。

レイナルドが亡き姉の墓碑を故郷に建てるという情報を得て、この機会を逃すべきではないと部族の者と話し合った。

更には王宮内に潜ませていた従者から、近頃レイナルドがどこぞの侍女に関心を寄せているという情報を得た。これも切り札として使えそうだと、北部の人を雇い隠し通路から侍女を誘拐する計画を立てる。

二つほど揃えた切り札をうまく使えればレイナルドを捕らえることができるだろう。

彼女のゲームの目的はレイナルドだった。

レイナルドはティアに復讐を果たすことを目的としたゲームを、ティアはレイナルドに復讐を果たしたい小部族を当てて勝負に挑む。

勝利した際、ティアはそのまま北部の小部族による縁を頼り遠方に拠点を移すことを条件としていた。小部族の新しい長もこれには承諾してくれた。彼らの復讐心は根強い。まるでティアを睨んでいた幼い少年のような瞳にティアの感情は昂(たかぶ)った。

面白いゲームができそうだ。

ティアにとって王妃という身分はゲーム上の駒の役割でしかなかった。

要は、ゲームに勝てれば良い。

レイナルドへの切り札となるローズマリーの棺を砦に運んだティアは嬉しそうに笑う。

いつの時もローズマリーに絡むゲームは愉しい。

婚約者を奪う時も。

彼女に罪を擦(なす)りつけ処刑させた時も。

彼女の弟とのゲームも。

全てローズマリーに関係する遊びだった。

「楽しませてくださいませ。ローズマリー様」

若い頃、彼女やグレイに見せていたあどけない笑顔で彼女に話しかけた。

姿を見せなかったレイナルドに対し、残された荷馬車に一通の手紙を残しておいた。

棺は今日の夜、本来彼女が受けるべきであった炎により弔いを行うと。

故人は土に還すというディレシアス国で、罪人は死後、二度と地を歩まぬようにと火葬される。

しかしローズマリーの死後、レイナルドによって遺体を盗まれていた。

大切にしていたローズマリーを焼かれるとわかれば、たとえ罠であると知っていても彼は来るだろう。更には王都に使いを出して彼が懇意にしているマリーという侍女を連れてくるように命じてある。もしローズマリーの棺に関心を寄せなかったとしても侍女を手札にしてみてはどう動くか。

ティアは胸に期待を寄せながら時を待った。

「ティア様」

使いの一人が棺の近くに立っていたティアの元に寄ってきた。

「王都の者が侍女を捕らえてきました。雇った者は捕まったようですが、彼らの仲間が代わりに連れてきたと言って金銭を要求してきています」

「そう。じゃあお金を渡しておいて。捕まったというなら、ここもすぐにバレるでしょうね。夜半には逃げ出しましょう。きっとレイナルドは来るでしょうし」

悠然として微笑みで接すれば、使いの男は頬を赤らめながらティアの伝言を小部族の長に伝えに行った。

砦にはティア以外に小部族の兵がいる。王宮から騎士が寄越されたとしてもその場凌ぎにはなるだろう。

念のため自身の退路を計算に入れながら、ティアはその時を待った。

ゲームが始まる時は。

いつだって胸が高まるのだ。

麻袋を顔に被せた状態で馬に跨るという滅多にない経験をしながら、私は連れ去られていく。

向かう先は隠された砦。

私を連れた男は緊張して喋らない。それも仕方ないだろう。

彼の背後にはいつでも彼に当たるよう、矢が向けられているのだから。

急ぎ出発した私たちだったけれど、夕刻に着いた襲撃の地は既にもぬけの殻となっていた。

ローズマリーの棺を引いていた荷馬車を見ると、一通の手紙が開封されたまま残されていた。

「アルベルト様、これって……」

「レイナルド卿は既に向かわれているだろうな」

読み終えたアルベルトが悔しそうに手紙を睨んでいた。

それから周囲を確認し生き残りはいないか、何か痕跡はないかを調べていた時だ。

少し離れたところから男性の悲鳴が聞こえた。

騎士団の一部が声の聞こえた方角に向かい走り出す。私はいつの間にか回されていたアルベルトの腕の中で事が終わるのを待っていた。

それからしばらくして騎士の一人が戻ってきた。

「残党狩りがあったようです。ローズ領の護衛兵を襲おうとしていた男を捕まえました」

「わかった」

アルベルトが私の手を引きながら騒ぎのあった方へ向かってくれた。何を言わずとも向かいたいという私の意思を汲んでくれていたようだった。

捕らえられた男は恐怖に顔をひきつらせながら事の成り行きを見守っていた。

襲われたローズ領の衛兵は、レイナルドと共に棺を護送中に矢を射られ、隠れたところで意識を失っていたらしい。ようやく起き上がれるようになったところでタイミング悪く残党狩りに来た男に見つかっていたようだった。

詳しい状況を聞きながらアルベルトは捕らえた男を見た。

もしこの男も雇われた男だとすれば、口を割らせるのは難しいだろう。

ふと、男が私を見た。どこか驚いた様子で。

何故見られたのだろうと不思議に思っていたけれど、私はある点に気がついた。

「アルベルト様。彼は私が誘拐されることを知っていたのではないでしょうか」

確信めいた想像を口にする。目の前の男は少し驚いた様子を見せた。どうやら図星のようだ。

「レイナルド様の襲撃と私の誘拐は同じタイミングを見計らって実行されたようです。彼は私がこの場にいることで、仲間の計画が失敗したとわかったみたいです」

「よく……気づきましたね」

アルベルトは驚いた様子で私の話を聞いてくれた。

「だとすれば、この男も計画の加担者の一人であることは間違いないだろう。砦の場所も把握しているだろうな。このまま連れていこう」

男の縄を引っ張り上げる。首元に剣を向けられた男は抵抗する気もなさそうだった。

「待ってください」

私は彼らを止めて、思いついた計画を相談することにした。

結果、アルベルトからそれはもう猛反対を受けたけれども。

どうにか説得ができた結果、私は今こうして麻袋を被り捉えた男と共に馬に乗っている。

「私を囮（おとり）に使いませんか？」

私が考えた計画は単純。

いっきに騎士部隊が砦に攻め込んでも、王都で起こした反乱の時と同じようにティアに逃げられてしまうだろうと思った。

それであれば誘拐という計画が成功したように見せ、私と男が共に砦に入り隙を見て騎士団が入るという案に一部は納得し、アルベルトを筆頭とした一部に反対された。

けれどこの場でまたティアに逃げられてしまっては彼女の尾を捕らえることができないまま事が長引いてしまう。

「私が囮になっている間に砦を制圧してください。退路を塞げば彼女は逃げられないでしょう」

「ですが貴女に危険が及ぶようなことはやりたくない！」

「騎士をどなたか一緒に行動させてください。騎士服を脱いで誘拐した者と共に私を砦に連れていけば、多少は誤魔化せると思います。中に入れたら、あとは内側から誘導できるはずです」

砦に入るまでは捕らえた男を使い中に入ってから一部砦内を制圧して騎士を誘導する。中にどれだけの兵がいるかわからないうちは大きな行動をしてはいけない。

無謀な計画かもしれない。

それでも私を捕らえたという一報さえティアの元にあればレイナルドの命が無事の可能性が高まる。

私を彼の元に見せることでティアの計画は果たされるのだと踏んだのだ。

「お願いします。少しでもレイナルド様を助けられるのであればやってみる価値はあると思います」

アルベルト自身、私の無鉄砲そうに見える計画が、現状最もレイナルドが生存できる可能性を感じたのだろう。

奇襲攻撃というのは危険も多いが、その分成功すれば勝算は大きい。

勿論私自身が危険であることは変わりない。

「必ずアルベルト様が守ってくれると確信しているから言えるんですよ」

アルベルトが必ず守ってくれるのだから。

絶対の自信を持って彼に告げれば、大きなため息と共にアルベルトは頷いた。

「私だと顔が割れているでしょうから第一部隊の隊長を連れていってください…………無茶は絶対にしないで。貴女の無事を第一に優先してください」

「はい。ありがとうございます！」

そうして今。

私は無謀な計画から、砦の中へ侵入した。

私を捕らえようとした男を脅しつつ一緒に進む。第一部隊の隊長も一緒である。顔つきが怖そうに見える隊長だから選ばれたのかもしれない。実際はとても優しいのだけれど。

しばらく何も見えない状態だった景色の中、聞き取りづらい状態で外の音を収集する。

聞こえてきたのは門番らしい男と私たちが捕らえた男が会話をしている声。

この場でもし私たちに不利となるような言葉を吐けば、その時点で隊長は男の首を斬ると先ほど脅していたからか、男は特に反抗せず私を捕らえてきたとだけ報告していた。

同行してきた隊長に関しても特に言及はされない。ふと、身体が動いた。馬が移動したらしい。

しばらく黙っていると、麻袋を取られ視界がいっきに広がった。

「大丈夫ですか？　エディグマ嬢」

第一部隊長の顔が見えた。彼によって私を拘束していた縄が外される。

「はい。今はどうなっているのでしょう」

「ここで待機するように言われました」

よく見ると小さな待合室に案内されたようで、質素な椅子と机だけが置かれた部屋だった。

中に案内された後、すぐに部隊長が脅して連れてきた男を気絶させたらしく、男が床に転がっている。

「彼にはしばらくここで眠ってもらいましょう。信用はできないですから」

騎士団の人たちは行動力がおありなようで、いつの間に持っていたのか縄で男をグルグル巻きにし、口元まで覆うと部屋から見えない場所に置き捨てた。

「入るまでの間、兵はどの程度いたのですか?」

麻袋で顔を覆われた状態だったので私には周りの景色が一切見えなかったけれど、雇い兵だと思われていた部隊長は全てを見ていた。

「ここまで来る間に見かけた数は少ないです。あまり大部隊でいるわけではなさそうですよ。これなら団長にもすぐ声をかけやすい」

「どうやって誘導を……?」

「エディグマ嬢にはまだ渡していませんでしたね。良ければこれを。一つ予備に持ってきていますので」

渡されたものは発煙筒と呼ばれるものだった。

私は初めて目にしたけれども、存在自体は知っている。狼煙(のろし)を上げる時に使われるものだ。

「使う時はここを力強く折ってください。中で引火し、煙がいっきに出てきます」

「ありがとうございます」

「これを合図にして団長たちが正面から襲撃する予定です。一部、建物内に仲間を入れておくために壁に縄をかけておきます。場所の候補は決めているので、合図の位置から入ってくる予定です。あとはこちらの合図だけです。良いタイミングの時があれば使ってください。私かエディグマ嬢のどちらかが使えばすぐにわかるでしょう」

私はポケットに発煙筒をしまう。

部隊長が扉の前に立って様子を窺い、問題ないと思ったのか扉をそっと開けた。

「今なら大丈夫そうです。行きましょう」

「はい」

小声で、かつ足音をなるべく立てないように二人で部屋を出た。薄暗い砦の中には部隊長が言っていたように兵の姿はあまり見られなかった。特に警護に慣れている様子でもないため、雇われ兵なのかもしれない。

息を潜めながら道を進む。

部隊長が目印となりやすい場所に用意していた縄を壁に向かって投げると近くにあった大木に固定した。

正面からの部隊と別に敵を包囲するための経路を作り上げる。

次に行うのはレイナルドの居場所を特定すること。

どこにいるのかわからないため身を潜めながらレイナルドや王妃を捜さなくてはいけない。

アルベルトと決めた作戦ではレイナルドと会えたら彼と合流、合流が厳しいようであれば近くで身を潜める。王妃を見つけた時、あるいはレイナルドの身に危険が及びそうな時に狼煙を上げるということにした。

狼煙を上げる場合、もしレイナルドがいなかったとしてもティアを見つけ次第行う。もしかしたらレイナルドがこの砦に到着していない可能性もあるし、最悪捕らえられている可能性もあるためだった。

『危険な賭けではありますがレイナルド卿がここにいても同じ考えでしょう。彼が命の危険にある状況だとしても、ティア妃を捕らえることを優先するべきと言うはずです。ああ、誤解しないでくださいよ。復讐からではなく、ティア妃という首謀者を捕らえた方が、我々の生存できる可能性が高いからです』

今回のように国際問題を巻き起こしかねない王妃の存在を野放しにすることこそ、ディレシアス国にとって最悪な事態であるということが宰相たるレイナルドの考えでもあるとアルベルトは告げる。

とにかく今は一刻も早くレイナルドの無事を確かめたい。

どうか無事でありますように。

祈ることしかできないまま、私は部隊長と共に王妃を捜すため砦の中を歩き回った。

けれど祈りというのはやっぱり届かないもので。

身を潜めながら聞こえてきた声に私は絶望した。

「レイナルド・ローズだ！　ティア妃の元に連れていけ！」

兵が歓喜し声高らかにレイナルドを捕らえたと騒ぐ。

レイナルドの姿を見たいと焦る私の肩を部隊長が抑える。今は辛抱の時だと。

「最悪の事態ですが、逆を返せばこれでティア妃の居場所が特定できます。今は待ちましょう」

建物の陰に隠れながら私は頷き、段々に近づいてくる声の方角を盗み見る。

そこには男たちによって拘束されたレイナルドが黙って歩いていた。体中に傷があり、手には拘束用の縄が巻かれている。

捕まったというが、ティアからの置き手紙を読み堂々と訪れたのだろう。兵たちに抵抗する素振りはなかった。

（やっぱり……）

私は、ローズマリーの棺が奪われたことによって予想したレイナルドの行動が的中したことに胸が痛んだ。

レイナルドなら、たとえ死んでしまった姉の亡骸であろうとも自分の命に代えて取り戻しに来るだろう、と。

ローズマリーの遺体を炎によって弔うという手紙を読んだ時。

周りの騎士たちはまさか、と疑ったけれど私は必ずレイナルドが砦に向かうと思った。

既にローズマリーは私に生まれ変わったと知っていても尚。

レイナルドが唯一愛したローズマリーは、骸（むくろ）の姿になったとしても棺の中に眠っているのだから。

ローズマリーの愚かな弟にして最愛たる弟は、ローズマリーに関する全てのことに諦めることはない。

だからこそ私も諦めない。

レイナルドを幸せにしたいと願った前世の願いを絶対に果たしてみせる。

「向かいましょう」

意を決して私は部隊長に告げると、部隊長も頷く。

レイナルドの拘束によって人が増えた砦の中、私たちはレイナルドたちの後を隠れながらついていった。


時は遡り、レイナルドは痛む身体を堪えながら襲撃の場でしばらく身を潜めていた。

数刻が経ち、人の気配が途絶えた後。

レイナルドは奪われた棺の置かれていた荷馬車へと向かった。

一通の手紙が添えられており、読み終えた時に覚悟は決まっていた。

たとえ捕らえられようとも、レイナルドの首を捧げようとも、あの王妃がローズマリーの遺体を無事に返してくれるとは考えられなかった。

だとしてもせめて国の害でしかない王妃一人の命ぐらいは奪えるのではないかと、普段では考えないような短絡的な思考でもってレイナルドは乗り込むことにした。

何よりも自身が出向くことにより、都合良い時間稼ぎができるだろうと踏んだ。

レイナルドは襲撃された場所に戻り、残された蹄の数を数えた。

襲撃してきた馬の数と護衛として連れてきた馬の数とを照らし合わせる。

計算した結果、この場で無事に逃げ切った馬が一頭いることがわかった。蹄の方向からして行き先は王都。

「良い選択だ」

レイナルドはあえてティアからの手紙をその場に残したまま、なるべく手紙が風で飛ばされないよう細工をしてから砦に向かった。

レイナルドへの襲撃を知れば、アルベルトや王国の者が動くだろう。

レイナルドの時間稼ぎが失敗に終わったとしても、手紙さえ残しておけば王妃の仕業だとわかる。

懸念すべきは後々手紙も処分されることではあったが、こればかりは運に任せるしかない。何せ今のレイナルドには手助けとなる人も道具もないのだから。

唯一の気がかりはマリーだった。

レイナルドの予想ではマリーも切り札として扱われる可能性が高い。だが、レイナルドの前に突き出すための切り札であれば、たとえ捕らえられたとしてもこれから向かう砦に連れてこられるだろう。

巻き込む可能性を考え、レイナルドは物憂げに息を吐いた。決して苦しめたいわけではなかった。何者からも守りたいマリーの姿を思い出し、レイナルドは心の中で詫びるしかなかった。

（せめて無事であれば良い。アルベルトがいれば問題はないと思うが……）

それでも気がかりであることは変わらなかった。

到着した砦で、手荒い歓迎を受けた。

聞き覚えのある北部の訛りからやはり小部族の怨恨をティアが利用したのだとわかった。

レイナルドに対して小部族の怒りは大きい。

今でもローズ領に対して小競り合いを仕掛けてくる小部族に対して金銭的に解決できる部分は解決させてきてはいたが、それでも遺恨は消えるものではないことはレイナルド自身承知していたことだ。

復讐の果てに還ってくるものが復讐だとは。

レイナルドは苦笑した。

なるほど。マリーがレイナルドの復讐を止めるわけだ。

マリーという姉の生まれ変わりがいるとわかっているのに。

たとえ炎によってローズマリーの遺体を葬られようとも、ローズマリーの魂は彼女と共にあるとわかっているのに。

レイナルドには姉を無視することなどできなかった。

（まるで呪縛だ）

自身が築き上げた呪いにも近い感情だった。

姉は既に心満たされ、彼女の望むべき形で生まれ変わったというのに。

レイナルドだけが何も変わらない。

復讐を目前にした時、姉が生前から死ぬ直前までに願っていた想いをマリーによって知ることができたというのに。

レイナルドにとっては今も尚、ローズマリーという存在が全てだった。

ただ、そのことに対してレイナルドには一切の後悔はなかった。

後悔があるとすれば、自身の復讐を果たすためにアルベルトや小部族の者たちをも巻き込んだことだろう。

(姉様は私の幸せを願ってくださるけれど)

レイナルドにとっての幸せは、どこまでもローズマリーに繋がっていることだけだった。

無理矢理に連れてこられた場所に突き飛ばされ体をよろめかせながら前を向けば、その部屋には一人の女性が優雅にワインを飲んでいた。

ティアだった。

「お久しぶりです、レイナルド様」

今も昔も変わらないあどけない笑顔で挨拶される。

この笑顔が末恐ろしいことをレイナルドは知っている。

「賊の長とは。貴女によくお似合いだ、ティアよ」

「そのようなことおっしゃらないで。部族の皆さんはこのような私に力を貸してくださったのです」

嬉しそうに微笑まれて周囲の男たちの緊張が緩む。

彼女の恐ろしい部分はこれだ。

どこまでも無垢(むく)な少女のように振る舞い、男の関心を寄せる。

娼婦(しょうふ)のような艶やかさなどないというのに、男たちはあっさりと陥落していく。

無垢なように見えて誰よりも妖女のような瞳に、一体どれほどの者が命を落とし、奪われ、残酷な末路を抱いただろうか。

「貴女も良いお年なのですから、そのように少女めいた発言はやめたらよろしいかと。見ていて恥ずかしいですよ」

だからこそ彼女が気にしてそうなことを指摘するもティアには響かない。

「ふふ。レイナルド様らしいですね」

クスクスと笑う声は無邪気な悪魔のようだ。

このようなおどけた様子で、か弱そうに見せて。

姉を殺し、ユベール家を潰し、王子を陥落させ。

挙句に北部の部族を陥落したさせいうのだから。

「私、ずっとレイナルド様と遊びたかったのです」

ワインを飲み干したティアがレイナルドに近づく。照明が薄暗いためなのか、レイナルドはティアに対してどこか違和感が芽生えた。

しかしその違和感の理由がわからない。

ティアは更にレイナルドに近づく。

「いつも私を愉しませてくださる方……」

ワインのせいなのか、頬を微かに赤らめながら細い指がレイナルドに触れる。

「何して遊ぼうかっていつも考えていたのです」

「相変わらずの悪趣味だ」

吐き捨てるように笑うレイナルドを笑顔で受け流す。

「嫌ですわレイナルド様。それ、私にとって褒め言葉ですの」

「…………？」

間近で微笑むティアの姿を見ながら、レイナルドにはやはり妙な既視感が生まれた。

先ほどから感じる違和感が更に強まる。何故だか今のティアに対して、どこか見覚えがある気がした。

顔ではない。彼女の顔など見るのも嫌なほど毛嫌いしている。ならば何だろう。

ふと、ティアの好みとは違うドレスのデザインに気がつき。

わかったと同時に強い殺意が芽生えた。

「おわかりいただけました？」

嬉しそうに微笑むティアが、怒りに燃えるレイナルドの表情にうっとりとしている。

「貴様……姉様の物を奪ったのか！」

ティアが今着ているドレスは、かつてローズマリーが愛用していたドレスだった。

「勿論です。あの方がお気に入りだったドレスも宝石も大事に取っておいてありますわ」

ティアの着ているドレスが、生前ローズマリーが気に入っていた花の刺繍がちりばめられたドレスだと気づいた時、レイナルドの視界が真っ赤に染まった。

ローズマリーによく似合う百合(ゆり)色のドレスが、この性悪な女に似合うはずがない。

レイナルドは拘束された腕を振り上げてティアに殴りかかろうとしたが、横に立っていた男たちによって止められ、殴られる。

痛みなど無視してティアを睨むが、その視線すら楽しむようにティアが可憐(かれん)に笑った。

明らかにレイナルドの反応を愉しんでいるようで、レイナルドはこの女が狂っているのだと実感した。

殺さなければ。

復讐も国の安寧も今は関係なく、この女そのものが危険だと警鐘を鳴らす。

そして更に女はレイナルドを恐怖に陥れた。

「今日、この日のために一人の女性を招待しているんです。名前は何だったかしら……そうそう、マリーとおっしゃる女性だわ。貴方もご存じでいらっしゃるでしょう?」

可憐に微笑むティアの口から出てきた名前を聞いた時に見せるレイナルドの顔は蒼白(そうはく)となっていた。

嫌な予感は的中した。

これ以上、人を苦しめる行いをこの女は続けるというのか。

ティアはレイナルドの様子を見て満足そうに微笑んだ。

「どんな女性なのかお会いするのが楽しみだったのです。貴方はその侍女のことがお好きなのでしょう?」

「……そうですね。貴女のように醜い心を持ち合わせていない清らかな女性ですよ」

「ふふっ。妬(や)けてしまいます」

その清らかな存在を、どう傷つけて遊ぼうかとティアは遊興に耽っている。

周囲も異常なティアの様子に不安そうな様子を見せていた。

ティアにまとわりつく男たちは星の数ほどいた。だが、その誰もが最期に見せていた表情は恐怖に怯えていた。

それまでは害のない無垢な笑みを浮かべながら男を誘惑し、最期はいつだって残酷なほどに裏切って遊んでいることをレイナルドは過去何度も見聞きしていた。

「どなたか彼女を連れてきてくださらない？」

「わ、わかりました！」

傍でレイナルドを拘束していた男のうちの一人が離れ、部屋を退室した。

この場にマリーが来て、どう彼女を守るべきかレイナルドは考える。

腕に隠し持っている小刀でせめてティアだけは仕留めようと思っていたが、もしマリーを人質にでもされたらどうしようもない。

マリーだけは、何があっても守りたい。

この女の好きなように絶対、させるものか。

二度と、姉の魂をこの女に汚させるものか。

すると間もなくして別の男に引き連れられ、拘束されたマリーが入ってきた。

先ほど出ていった男とは違う者に摑まれたマリーは、レイナルドの知るマリーそのもので。

そして捕らえられているというのにもかかわらず堂々としたマリーの瞳は。

真っ直ぐにティアを捉えていたのだった。

マリーとして生まれ変わってから、私は城で侍女の仕事をしている時に何度かティア妃の顔を見ることがあった。

ティア妃はわざとグレイ王を挑発するように口論していた。

堂々と男性を城に連れ込むこともあれば、王宮で贅沢にお茶会を開くこともあった。

ローズマリーが覚えているティアはいつも大人しそうな様子をした侍女だった。そして何故かローズマリーとグレイ王子が近くにいる時に限って失敗をしては涙を零し、その都度グレイに慰められていた。

可哀想だと慰める王子の傍で涙を流すティアの瞳に、全く感情が乗っていないと思っていた。

グレイ王子と恋仲になった時も、婚約破棄を言い渡された時も。

怯えた様子を見せながら瞳は何一つ感情を表していないことがローズマリーは不可解だった。

だからこそ、処刑される前に会ったティアの顔を見て全てを察した。

この女性は他の人を同じ人間として見ていないのだ、と。

だからこそローズマリーは彼女に警告した。

『貴女のしていることはやがて貴女に降りかかってくるでしょう』と。

それはマリーとして生まれ変わった今も思うことだった。

だって今、私を前にしたティア妃の瞳は感情がないどころかどす黒い愉悦に満ちているのだから。

これこそが、ティア・ディレシアスの本性だったんだ。

ティアと対峙する少し前から、私と部隊長は部屋から離れた場所で身を潜め様子を窺っていた。

突然、部屋から慌てた様子で飛び出してきた男が急ぎながら周りで待機していた兵に「あの女を連れてこい！」と叫んだ。

その場で待機していた男たちのほとんどが私が連れていかれた部屋に向かったことを良い機会と、その場に一人だけ残っていた見張りを部隊長が気絶させた。

「出ていった兵が戻ってくる前にレイナルドの元に向かいます」

「正気ですか！」

「至って正気です。部隊長様は狼煙をお願いします！」

倒れた見張りを部隊長が縛り上げて、部屋から出る。

仕方ないと狼煙の準備をしている部隊長を尻目に私はさっきまでいた部屋の入り口を塞ぐため棚を動かしていた。

「部隊長、お供をお願いしてもよろしいですか？」

窓から狼煙を投げ終えた部隊長に対し、ニッコリ微笑みつつ強制しようとする私に、部隊長は深々とため息をつきながら「団長に殺されませんように……」とだけ呟いた。

部屋へ向かう前に、形ばかりに私は腕を拘束する。これで捕らえられ連れてこられたと思われるだろう。

中に入れば数名の見張りがこちらを見ている。

中央にはうずくまるレイナルド、そしティア妃がいた。

真っ直ぐに見据えたティア妃の姿を見た時、少しだけローズマリーの記憶がフラッシュバックし、彼女に伝えた言葉を思い出した。

しばらくティアの様子を見るが、彼女は特に気にせず私を見て笑っているだけだった。

私は、静かに部隊長と頷いた。

その瞬間、部隊長は周りにいた数人の男へいっきに斬りかかった。

突然の奇襲に驚き動揺した男たちはなす術なく倒れ、慌てて抗戦するにも遅く、多勢だというのにあっという間に部隊長がその場を制圧し出す。

彼が動いたと同時に私も走る。向かう先はレイナルドの元。

彼の拘束さえどうにかすれば駆け寄った時、レイナルドを抑えていた男が私に向かって襲いかかってきた。

一瞬恐怖で身体がすくんだけれども、うずくまっていたレイナルドが華麗に立ち上がると、その長い脚で襲いかかろうとした男を蹴り倒した。

「マリー！」

「はい！」

急いでレイナルドに持っていた短剣を渡すと、レイナルドはその剣をいとも容易（たやす）く扱い縄を解き、私を捕らえようとした男を斬った。

そして血の付着した短剣をティアに向けた。

レイナルドはふう、とひと息吐くと私を見た。その顔は怪我だらけだったけれど笑っていた。

「貴女は本当に予想ができない行動ばかりしてくれる……ありがとう、マリー」

穏やかに微笑んだ。

速さが勝敗の鍵だからと、部隊長には散々しつこく言われていた作戦が成功したらしい。

私が部屋の中に入ると決めたと同時に今回の作戦を練った。

私を囮にして入室し、隙をついて中の見張りを部隊長が攻撃する。

同時に私はレイナルドに向けて短剣を渡す。縄で拘束されていたことは連れていかれる姿で確認していた。もし拘束されたままであれば私が短剣を使い拘束を解く予定だった。

部隊長の顔をティアが知っているのであれば危険な可能性もあったけれど、それは杞憂(きゆう)に終わった。

レイナルドは私と部隊長を見たと同時に理解をしてくれたようで、まるで計画を知っていたかのように行動してくれた。

それにしても怪我をしていたはずなのにどうしてあれだけ動けるのだろうか。

「ご無事で何よりです、公爵」

「第一部隊長だね。アルベルトには特別褒賞を与えるようにお願いしないといけないな。ここに貴方がいるということはアルベルトも近くにいるのだろう?」

「はい。狼煙を上げましたので、そろそろ進軍されていることでしょう」

「ならば悪いが呼んできてくれるかな」

一度心配そうに私とレイナルドを見たけれど、部隊長は頷いて扉を出ていった。

残されたのはティアと私とレイナルド。あとは気絶した男たちだけだった。

「どうですか？　ティア妃。ゲームは楽しんでいただけましたか？」

小刀を首元に近づけながら悠然とレイナルドは告げる。

ティア妃は汗を滲ませながらもゆっくりと微笑んだ。

「そうですね。これほどの戦況は初めてです」

「でしょうね。卑怯（ひきょう）な貴女はいつも逃げの一手だった。勝負を楽しむのはいつも貴女の勝利が確定した時だけ。逃げ足の早さだけは誰よりも早かったですしね」

蔑む言い方を敢（あ）えて行いティアを挑発するレイナルドの表情は冷たかった。

「そう……下手に小細工をかけてこの女を連れてこなければ勝機はあったのかしら」

ティア妃が私を見てくるけれど、私にはレイナルドとティア妃の話が全くわからなかった。

「お言葉ですがティア様。これはゲームではございません」

ずっと気になっていた彼女とレイナルドのゲームという言葉が私には違和感しかなかった。

「ゲームはあくまでもゲームです」

「ほほっ。貴女のような侍女にまで叱られるなんて」

まるで小馬鹿にした様子のティアを眺め、彼女には何も届かないとわかった。

だからせめて、彼女にこの言葉だけを贈ろう。

「貴女のしていることは、やがて貴女に降りかかってくるでしょう」

「…………え？」

ティアの表情が固まった。

ああ、覚えていてくれたんだ。

私は微かに微笑んだ。

ティアの唇が震え出す。

「ほらね。降りかかってきたでしょう？」

そう告げれば、ティアは慌てた様子でもう一度私を見て。

「ローズマリー…………さま？」

当時彼女を呼んでいた敬称そのままに呼ばれるので。

私は小さく笑ってしまった。

このあどけない笑顔、何だかんだでローズマリーも最期まで騙されていたんだった。

「マリー！」

大きな音を立てて扉が開くと同時にアルベルトが駆け寄り勢いよく私を抱きしめた。

その勢いで倒れそうになった私は全体重をアルベルトの腕に預けてしまったというのに、アルベルトは全く気にすることなく私を強く抱きしめ続けた。

「無事で良かった……！」

耳元で心から安堵するアルベルトの声にドキドキしながら、私はそっと抱きしめ返した。

「ご心配おかけしました」

「本当に生きた心地がしなかった。どこか怪我はしていないか？」

「はい。大丈夫です。それよりレイナルド様が」

傷といえば、身体中に傷を負っていたレイナルドを早く治療すべきとレイナルドを探した。

アルベルトもまたレイナルドに視線を向けた。

レイナルドはローズマリーの棺の前に立っていた。棺はこの部屋の隅で静かに捨て置かれていたことに、私は今頃気がついた。

棺は今回の騒動で多少薄汚れてはいるものの、大きな破損もなくその場に置かれていた。

私とアルベルトは共に棺の前に向かった。

ローズマリーが眠る棺。

かつての私が眠るその場に立って、何か感じるのだろうかと訪れる前まで思ったりもしたけれど。

いざ目の前にしても、やっぱり私は何も変わらない。

ただ、棺に刻まれたローズマリーの似顔絵と名前に手を添えた。

生前、ローズマリーが大好きだった花が石碑に刻まれ、棺の作り手による故人を偲（しの）ぶ想いが強く伝わった。

「姉様…………」

レイナルドがポツリと名を呼んだ。

「ご無事で良かった……私の身勝手な振る舞いから姉様を傷つけるところでした。申し訳ございません……」

跪(ひざまず)いて棺に許しを乞うレイナルドは、ローズマリーが亡くなっても変わらずに姉を慕ってくれる。

もしローズマリーが語りかけれたとすればきっと彼を許し、そしてたしなめることだろう。

自分のために無理などしないでと。

それでも私はローズマリーをただひたすらに愛してくれるレイナルドの存在が愛しかった。

命が消えても棺が燃やされようとも。

ローズマリーという存在は、レイナルドの心の中に在り続けることができるのだから。

「マリーにもお詫びを。命の危険に晒(さら)してしまったことを心より謝罪したい。そして感謝を。

貴女の行動によって私の命も、姉様のことも守ってくださったのだから。本当にありがとう」

向けられた視線が穏やかに微笑みながらレイナルドは私に頭を下げる。

と思ったら。

そのままグラリと身体を傾け、私に向かって倒れてきた。

「レイナルド様！」

あまりに突然のことでうまく支えきれなかったのは私もアルベルトも一緒で、レイナルドと共に私は床に倒れこんでしまった。

倒れ込んだレイナルドの背中に触れると、身体が熱い上に出血が始まっていた。先ほどの騒ぎで傷が開いたのかもしれない。

「アルベルト、血が……！」

「すぐに診てもらおう」

待機していた他の騎士たちによりレイナルドを丁重に運び、急いで団員たちが集合していた場所に向かう。

砦の兵たちは既に騎士によって制圧され、ティアと共に王都へ連れていかれていた。

レイナルドは残っていた一部の団員たちにより手当てを行ってもらい、帰路に向かう馬車の中で横にさせた。揺れにより傷が開くことを恐れうつ伏せの状態で眠っている。

至るところに切り傷などがあったけれど、特にひどいのは肩に射られた矢傷だった。

化膿（かのう）しないよう軟膏（なんこう）や飲み薬により治療されているけれども、傷によって発熱が続きレイナルドの頬から汗が伝う。

私は看病のためにも同じ馬車に乗り、レイナルドの汗を布で拭いた。

呼吸が少し荒くなってはいるけれどレイナルドの表情は穏やかだった。

ふと、道の悪い場所を馬車が移動して揺れが大きくなったためかレイナルドの目が微かに開いた。気がついたらしい。

「大丈夫ですか？」

「……ここは？」

少し見上げた先に私がいたことに気づいて聞いてきた。

「騎士団の馬車の中ですよ。今は王都に向かっているところですよ。レイナルド様は傷が原因で熱が出て、意識を失われていました」

「そうですか……お恥ずかしい」

「そんなことは」

自身の失態を少しばかり笑うレイナルドの様子に私はとても安心した。

「姉様の棺は？」

「急いで王都に荷馬車を連れてくるようアルベルト様がお願いしてくださいました。準備ができたらマクレーン領に向かいます。今は砦で騎士団の方に守っていただいています」

「…………」

レイナルドは黙っているとうつ伏せの姿勢を少し起こし、向かいに座る私に手を差し伸べてきた。私はつられるようにその手を握りしめる。

「マリー。貴女が言っていたことを思い出していました」

「私の？」

「はい。復讐を望まないと。そして姉様の代わりにおっしゃっていた、復讐を遂げるような未来を与えてはいけなかった。という言葉を」

握りしめた手に込める力が少しだけ強まる。

「私は復讐を果たすために北部の人間を利用しました。彼らに恨まれていることは知っていたけれど、復讐のことを生きる糧にしていた私は気にもしなかった。その結果、王妃によって小部族の者たちは駒として使われてしまった」

「………………」

「……復讐の果てに新たな復讐を生み出したのは紛れもなく私です。姉様はきっと、不幸を生み出す私を止めたかったのではないのでしょうか」

憂いた瞳は辛そうに歪められている。私は何も答えられず手を握りしめるだけだった。

「あの復讐を果たした場で言われた言葉の重みを……今になってようやく理解できたような気がします」

「………………そうですか」

「はい」

「それなら」

私は汗の滲むレイナルドの額を優しく撫でた。

「きっともう間違えることもないでしょう。あとはもう、レイナルド様が幸せになればいいだけです」

そう。

ローズマリーが望むのはいつだって弟の幸せだった。

はっきりと伝えるとレイナルドは笑い出した。

するとすぐに痛みに直結したらしく呻き出す。

「大丈夫ですか？　あと、何で笑うんですか！」

「ったた……だって、あまりにも姉様と……貴女らしくて……ははっ」

痛いのに笑いを抑えきれないらしいレイナルドに拗（す）ねて怒ってみせても、彼から笑い声が途絶えなかった。

余計苦しむだけでしょうと叱るほど笑いそうなので、もう黙っていることにした。

そこで気づいた。

私は、これだけ笑っているレイナルドの姿を見たのが初めてだったということを。

久しぶりに見たレイナルドの笑顔は、ローズマリーの記憶に残る幼い頃の笑顔と、何も変わらなかった。

王都に到着してすぐレイナルドは王都病院へ移動し本格的に治療を行った。

その結果しばらくの入院が決定した。

ティアと小部族の者たちも王都内に捕らえられ、裁判が行われた。

まだ刑罰は確定していないけれども、ティアが捕らえられているその牢獄こそかつてローズマリーが死を迎える前に入っていた檻だと思うと複雑ながらも致し方ないのだろうと思った。

アルベルトやリゼル王は今回の騒動を収束させるため忙しい日常が更に加速しているらしい。

予定されていたローズマリーの式典に関しても延期されることになった。

私は相変わらず騎士団侍女として働いている。

「何度思い出しても大変な騒ぎでしたね～」

クッキーを頬張りながらエヴァ様が私にお茶を差し出してくださったため、私は向かいの席から礼をしつつ受け取った。

「騎士団の皆さんにも色々助けていただきましたね。本当に頼りになる方ばかりです」

「いやいや、一番の功績はマリー嬢でしょう。何たって誘拐犯から逃げ出した上に砦で囮を買って出たんでしょう？　英雄譚に残りますよ。これはいい。騎士団内で英雄伝を書籍にして販売しよう。いい収益になるかもしれない」

「そんなご冗談言っても何もしませんからね」

冗談じゃないんだけどなあ、とボヤくエヴァ様をかわしつつ私はお茶を飲む。

今、私が悠長に執務室でお茶を飲んでいるのは侍女としての仕事中にエヴァ様に呼ばれてお茶に付き合っているためだった。

王妃逮捕という大騒動によりアルベルトは激務となり騎士団の通常業務すら行えないため、代わりにエヴァ様が騎士団内の業務を行っている。

そのため執務室の主は現在エヴァ様となって、私は仕事の合間によくエヴァ様とお茶を飲む間柄になっていた。

エヴァ様は一体いつ仕事をしているんだろう。定時で帰っている姿しか見ていないのだけれど。

「まぁ、王妃と先代グレイ王がこうも捕まったり何だりしたおかげでリゼル王も大変ですね。王の威厳が駄々下がりですから」

他人事のように言っているけれどもエヴァ様にも十分影響が及んでいるはずだった。

国威が傾けば治安も傾くため、騎士団が城内で騒動の鎮静化に奔走していることは知っていた。その点も含めて徹底的に国民を守る姿勢は評価を得ているようなので、うまくまとまればいいなと思う。

未だ入院中のレイナルドだったけれどベッドの上で宰相としての仕事を行っているというから驚きだ。

見舞いに行った時に安静にしておくべきでは、と言っても「自分が蒔いた種だから」と言って仕事をやめない。

「裁判にはマリー嬢も出られたのでしょう？」

「はい。証言してきましたよ」

事が落ち着いてすぐにティア妃の裁判が始まった。

重罪による重罪であるため事態は重く迅速に行われた。まだ治療中だというのにレイナルドは体調が悪化することも厭わず裁判に出廷していた。

主に彼が被害を受けた立場であるため、裁判のたびに証言しに行かなければならなかった。

私も誘拐されかけた立場のため証言することは多かった。

行動を逐一報告することはとても恥ずかしい。

誘拐から逃げるために硝子を割って逃げたこととか、囮になって麻袋を被った話まで、こと細かに説明をしなきゃいけなかった。

レイナルドを助ける話は、すればするほど周囲の貴族が騒つくため大変いたたまれない。

「新聞に堂々とマリー嬢のご活躍が書かれていたから記念に二部買っちゃいましたよ」

「やめてください……」

裁判の情報を国民に開示するため国選の新聞記者も裁判を傍聴していた。

これは正直に国民に伝えるために行うべきだというリゼル王子による初めての取り組みでもあり国民にも好評だった。

ただ、その記事の内容が王妃の罪状以上に私の活躍が大きく取り上げられていたのは、国の陰謀か何かかと疑ってしまった。

実際は記者の方に裁判の内容を聞いた上で大きく取りあげたい、インタビューもお願いしたいと息巻いて言われたので多分陰謀じゃないらしい。勿論お断りした。

事が落ち着いてから報告を受けた兄は、故郷のエディグマ地方に貢献できると私名義のご当地土産品でも作るかと言っていた。

その前に妹の心配をすべきだと思うけれど……エディグマの地が栄えるなら応えるべきだろうか。

父も心配して一度見舞いに来てくれた。王宮が気を遣い父に早馬を出して事の顚末を伝えてくださっていたらしく急ぎ駆けつけてくれた。

無事がわかり安堵し、その後は久しぶりに揃う家族で美味しいご飯を食べに行った。

エディグマではまだ新聞の情報が届いていないらしいので、これから騒ぎになるだろうとのことだった。

「それにしてもマリー嬢が騎士団にいられるのもあと僅かになっちゃうんでしょうか。それだと寂しいな～」

「そんなことはないと……思いますが」

「言葉尻が弱まってますけど」

段々小さくなるのも仕方なく。

実は王宮から、騎士団侍女を一時離れてはどうかと打診があったからだ。

騒ぎが大きくなるにつれ、良くも悪くも顔が知られてしまい声をかけられることがある。

更には利用しようとする者が来るかもしれないとのことで、一時身を潜めるか、もしくは王都内で仕官するかという二択を言われたばかりだった。

つい数か月前に騎士団侍女になり、更に前はローズ領侍女、王宮侍女、騎士団侍女。

私は一体いくつ職務が変わるのだろうと思ったけれど。

そろそろ潮時なのかなとも思っていた。

父にも心配され、早く戻っておいでと言われている。

リゼル王子の婚約者騒動がだいぶ昔のように思えるけれど、考えれば半年ぐらいしか経っていない。

この期間にどれだけ多くの経験をしてきただろう。

婚約者候補という名義で王宮侍女になって、ニキと一緒に騎士団で勤め始めた。

リゼル王子に告白されたことをきっかけにレイナルドとアルベルトにローズマリーの生まれ変わりだとバレて。

グレイ王への復讐が行われ。

また騎士団侍女に戻り、誘拐劇が起きて。結果、ティア王妃が捕らえられた。

ローズマリーというかつての私を知ることができた。

彼女の願いをレイナルドに届けられた。

そして。

「マリー嬢？　部屋暑いですか？」

「え？」

「顔が赤いので。さっきまで平気そうでしたけど。風邪でしたら早めに帰ります？」

考え事をしていた私の顔が真っ赤に染まっていたらしい。

アルベルトから受けた告白を思い出して顔を赤らめてしまっていたらしい。

「大丈夫です。ちょっと暑かっただけです」

その場は適当に誤魔化した。

それでもしばらく顔の赤らみが取れない私を心配して、エヴァ様は私を早めに帰すようおっしゃってくださったためとても申し訳なかった。

でも、考えるには良い機会なのかもしれない。

私にある選択肢は二つではなく三つ。

王宮に仕官するか、故郷に帰るか。

アルベルトの気持ちを受け取るか。

決めるのは今なのかもしれない。


消毒液の独特な匂いが漂う王宮内の救護院を数日ぶりに訪れた。

レイナルドが王城内にある救護院で寝泊まりしながら執務を行っているため、仕事が終わった後や時間がある時に顔を覗かせている。

執務中の場合は立ち去ろうと思っているのだけれど、勘の良いレイナルドはいつも私が扉前に訪れると、扉に目でも付いているかの如(ごと)く声をかけてくれる。

そして今日も。

「マリーかな。どうぞ」

ノックをするよりも前に声をかけられ、私はそっと扉を開いた。

中には書類を目に通していたらしいレイナルドがこちらを向いていた。

「仕事が終わったところかな？」

「はい。体調はいかがですか？」

「明後日には元の生活に戻れそうだよ」

以前は本格的に治療をすべきだと病院へ運ばれたけれども、今は傷もだいぶ回復してきたため王宮内にある救護院と呼ばれる場所に移された。

そこは王宮に仕える者が体調を壊した時のために用意された治療施設で、レイナルドは治療をしながら業務を行うためにわざわざ移動してきていた。

王宮に住む私としてもこうして気軽に会いに行けることはありがたかった。

レイナルドの格好はいつもと違って前髪を垂らし寝巻きに近いガウンを着ていた。病院に入ったばかりの頃は包帯が至るところに巻かれていたけれど、今は背中だけとなった。

「聞いたかな。裁判は明日に刑が言い渡されることになる。罪状をまとめた限りティアは絞首刑に処されることになるだろうね」

「絞首刑……」

ローズマリーが受けた判決と同じ。

私が考えていることをレイナルドも思っていたらしく。

「貴女が言っていたように、行いは全て自身に降りかかってくるというのは本当でしたね」

レイナルドはティアに対して私が伝えた言葉を覚えていたらしい。

正確にはローズマリーが言った言葉だけれども。

「そうですね……」

今度はあの絞首台にティアが立つことになる。

それは正直に言えば、復讐を果たせるとも言うのかもしれない。

望まずとも世間はそう評するのだろう。

けれど私は、あの絞首台に向かう恐怖を彼女が知る事実を不憫に思う。自身の命を奪う縄の感触を死んでも尚私は忘れていない。

その恐ろしさを体感することになる彼女を哀れに思う。

「刑の執行時は同席しますか?」

私のことを気遣ってレイナルドが聞いてきた。しばらく考えてから私は頷いた。

私は、これまでの全てを見届ける義務があると思った。

「その後はどうする予定ですか？」

「実は悩んでいるので相談に乗っていただきたかったのです」

「私に？」

意外そうに聞かれたけれど私としては一番の相談相手のように思えた。

「はい。ローズマリーのことも私のことも一番わかっているのはレイナルドでしょうから」

はっきりと告げると、更に驚いた様子でレイナルドは私を見た。

私が考える限り、第三者の立場として誰よりも私を理解しているのはアルベルトでも家族でもなければレイナルドだと思っている。

そして忌憚（きたん）なき意見を言ってくれるのも彼だと信じている。

レイナルドは少し何かを考えると意地の悪そうな笑みを浮かべた。

「その相談には恋愛事が含まれているのかな？」

直接的に聞かれると何とも恥ずかしい。

「た、多分……そうかなと……」

「正直な方だ」

よく笑うようになったレイナルドの笑顔が眩しい。恥ずかしくて今は直視できないけれど。

「そうだね……まずは貴女の相談事を当ててみせよう。貴女はアルベルトの求婚に応えるべきか悩んでいる。断るわけでもないし、承諾するわけでもない状況でどう伝えるべきか悩みかねている」

「当たってます……」

彼は占術師だっただろうか。

「更には、騎士団の仕事は魅力があるけれども故郷に帰りたいと思っている。どちらかを選ばなければならないとすれば……貴女は故郷に帰るでしょうね」

「…………」

「当たってる？」

「はい」

相談相手にするなら彼だと思ってはいたけれども、ここまで的中して悩みを当てられるとは。

占術師も逃げ出す勢いだ。

「アルベルトのことは嫌いじゃないけれど、答えるには躊躇する理由が貴女の中にはある」

「はい」

またもや的中する。

もしや彼は占術師ではなく、人の心が読めるのだろうか。

「けれど朴念仁なアルベルトは貴女の悩んでいることについて全くもって気づいていない……

うーん私としてはそんな奴やめておけば？　と言いたいところだけど。彼の良い部分も知っているからそこは言わないでおこう」

十分に言ってますよ。

「そこまでわかっていらっしゃるなら、私が悩む原因もご存じなのでしょう。アルベルト様は、私を通してローズマリーに恋をしていらっしゃるように思えるのです」

ずっと考えては否定し、それでもやっぱりと考える日々だった。

求婚されてから。告白を受けてから。

焦茶色の瞳が熱を持って見つめる先はマリーではなくてローズマリーなのではないかと。

「ローズマリーだった頃みたいに器量も良くて年も近いなら喜んで告白を受け入れたかもしれません。でも」

「ちょっと待って。これだけは言っておくけれど、マリー。貴女だって十分に器量も良くて素晴らしい女性だ。そこは間違えないで」

強く指摘してくれるレイナルドの優しさが嬉しかった。

「ありがとうございます。ただ、私はどうあっても昔の私そのものじゃない。記憶が残っていても、ローズマリーの生まれ変わりであったとしても」

ローズマリーそのものではない。

それが、私の中でずっとわだかまりのように残っていた。

だからこそアルベルトが好きだと私を見て伝えてくれたとしても、それを素直に受け取ることができなかった。

それでもと。

たとえローズマリーを見ていても構わない。

それでもいいから彼に好かれていたいと思う浅ましい感情に気づいてからは余計に辛かった。

アルベルト自身を騙すことにもなるし、そうやって通じ合ったとしても。

いつかは「ローズマリーではない」と気づかれ、拒絶されるかもしれない。

そんな葛藤から、私はズルズルと答えを先延ばしにしていた。

レイナルドは黙り、それから「少しだけいいかな?」と言って話し始めた。

「これから話すことはマリーにとって不快になるかもしれないけど」

あらかじめ聞いてくるような物言いは珍しいけれど、私は迷わず頷いた。

「マリーの言う通りだよ。貴女は姉様の魂を受け継いではいるけれど、姉様そのものではない。たとえ記憶を残していたとしても。たとえ姉様にしかわからない感覚を持ち合わせていたとしても。結局は別の人間。魂は同じだというのに、別の人間だ」

事実を突きつけているのはレイナルドだというのに。

レイナルドの方が傷ついたような顔をしている。

「私はね?　全てにおいて復讐を果たそうと考えていた時は貴女を妻にしようと思っていたんだ」

「へ?」

妻?

意外すぎる発言に、間抜けな声が出てしまった。

「そう。貴女の意思など関係ない。姉様に繋がる貴女の不安を取り除かないには婚姻しかないと思っていた。その考えはあの女……ティアと似通っていたかもしれないね。貴女を人としてではなく、ローズマリー姉様としてしか見ていなかったのだから」

衝撃的な告白ではあったけれど。

どこかで納得する部分があった。

「そんな私が貴女に想いを告げたところで、聡い貴女はきっと見向きもしなかっただろう。けれどアルベルトは違う。貴女を、ローズマリー姉様の過去も含めてマリー自身を見ていると思う。アルベルトは不器用な人間だから、私や貴女のように難しい考えなどせず、ただ惹かれるものに惹かれ、愛する者を愛するでしょう。ですが貴女の不安を取り除かないアルベルト自身にも非がある」

きっぱりと言い切られると、私も賛同してしまいそうになるけれど素直に頷けない。

アルベルトを否定したくなかったからだ。

そんな私の様子を見ていたレイナルドが意地悪そうに笑ってみせた。

「だから試してみませんか？」

「試す？」

「そう。アルベルトを試すんですよ」

レイナルドの顔はより悪い顔を浮かべ出す。

レイナルドが試すなんて言うので一体何をするのだろうと思っていたけれど。

聞いた話を聞く限り、そこまで大事でもないかなと思った。

が、それは私の浅はかな考えだった。

レイナルドに相談をした翌日の朝。

私はレイナルドと共に騎士団長補佐であるエヴァ様の前に立っていた。

「というわけなので、話を合わせてもらえるだろうか」

「承知しました！　いや〜ローズ公爵直々に団長の恋路を応援していただけるだなんて騎士団一同ありがたい限りです！」

嬉々としてレイナルドに感謝しているエヴァ様や部隊長の姿を見て私の考えは甘かったのだと実感した。

（まさか騎士団の方にも協力してもらって騙す形になるなんて……）

レイナルドが考えた〝試す〟という作戦は、私が「ローズマリーとしての記憶を全て失う」と演じるものだった。

レイナルドは騎士たちに聞こえないよう、そっと私の耳にささやく。

「アルベルトが本当に姉様にだけしか興味がないのであれば、記憶を失った貴女に失望するかもしれないでしょう？」

飄々（ひょうひょう）と、そんな恐ろしい提案をしてきた。

流れとしては、私が原因もわからず倒れてしまい、心配したエヴァ様が王城の医療室に連れていく、ということで話を合わせた。その件を騎士団の方がアルベルトに報告する。

きっと見舞いに来るだろうアルベルトが訪れる前に、レイナルドが先にアルベルトと会い、私がローズマリーの記憶を失っているとアルベルトに嘘をつく。

と、いう流れでレイナルドから聞いた。

彼の顔は楽しそうだった。

「もしアルベルトが君から姉様だけを見ているとしたら、愛する人が消えてしまったということになるだろう？　だから、試すのさ」

提案したレイナルドの言葉に私は反論ができなかった。

確かにそうかもしれない。

協力することに、レイナルドの発案に賛同したのは私だというのに不安ばかりがよぎる。

もし、アルベルトがマリーの記憶しか残さない私……ローズマリーであることを失った私を前に興味を示さないのであれば。

それはとても、とても辛い事実だけれども受け止めなければならない。

私が抱える悩みを解決させない限り、アルベルトの想いに応えることはできないのだ。

「…………」

それでもと、私は心細さに胸を押さえた。

たとえアルベルトがローズマリーしか映し出さないでいたとしても。

私を見る先に、ローズマリーを見ていたとしても。

城の中で誘拐されそうになった私を助けてくれたアルベルトを見た瞬間、それでも構わないと思った。

いつだって真っ先に助けに来てくれるアルベルトが愛しくて、たとえローズマリーの身代わりであったとしても良いのだ、と。

けれど、いつかそれでは自分が壊れてしまうのではないだろうか。

どんどん好きになっていくアルベルトが、私ではなく私の先に在るローズマリーを見ていると感じてしまったら。

私は自身であったローズマリーすら嫌いになってしまうだろう。

だったら、そんな悲しい感情を抱くより前に、芽生えた気持ちを閉ざしてしまうべきだと思った。

今ならまだ間に合うから。まだ芽生えたばかりの若葉を摘むように、私の中に生まれたアルベルトへの恋慕を早いうちに閉じ込めてしまえばいいだけだと。

だからこそ、レイナルドの提案を聞いて俯いた。

私の頬を冷たいけれども優しく手のひらが覆う。

レイナルドの手だった。

「もしマリーの望む答えをアルベルトが出さなかったら、そんな奴のことは忘れて私の元に嫁いでおいで。姉様の次に私はマリーを愛しているのだからね」

冗談めいた笑顔でレイナルドが告げる。

けれどそれが、彼の十分なほどに真剣な言葉なのだと知っている。

私は緊張していた心をほぐして笑い、「じゃあ、そうしますね」などと冗談を冗談で返した。

安心して気が抜けた私は緊張した肩をゆっくりと撫でおろす。

背後で、私とレイナルドの様子を窺っていたエヴァ様が怪物を見たような顔をしながら「団長……もしかしなくてもこれってヤバいのでは？」と声を漏らしていたことに全く気づかなかった。

その後、トントン拍子にレイナルドが考えるまま展開が進んでいった。

私はエヴァ様により騎士団の建物から王城内の救護院まで移動し、仮病だというのに周囲に心配されつつ王宮の医務室に案内され、しばらくそこで過ごすようにと言われた。

隣室はレイナルドが利用している病室だけれど、彼はアルベルトと話を付けるため今は誰もいない。

静まり返った部屋の中、とても申し訳ない気持ちになりながらも寝台に腰かけながらその部屋で時間が進むのを待つ。

内乱の騒動も落ち着いたし特に怪我人もいない医務室。病気が流行する季節でもないからいくらでも使って良いとレイナルドは言っていた。

一介の侍女が王宮の医療向けの個室を私用で使うのもどうなのだろうと私自身は難色を示している。

そんな私の考えを察していたのか、待っている間に来客が訪れた。

レイナルドからの使者であるという者がぞろぞろと入室しては、その個室に沢山の荷物を届け出した。

「えっ……どういうこと？」

ドレス、宝石、書籍など、物は様々だけれども型やデザインは少し古く書籍も黄ばんでいた。何よりとても既視感のある物は、少ししてローズマリーが持っていた物だとわかった。

「これは一体どうしたのですか?」

王宮で暮らしていたローズマリーが持っていた品々を懐かしい気持ちで眺めながら使者に聞いた。

「公爵から言伝で、ティアの部屋から回収したものをこちらに運ぶよう先ほど指示を受けました」

「ティアの部屋から……?」

ティア妃はローズマリーが処刑された後、ローズマリーが持っていた私物を全て自身の部屋に持ち運んでいたらしい。

何故そのようなことをしたのだろうか。彼女の好みとは異なるデザインだろう過去のドレスを眺めていると、しばらくしてレイナルドが部屋に訪れてきた。

「アルベルトには早馬で伝令を出した。今は安静にしているから到着次第、まずは私に顔を見せるように言っておいた。記憶を失っているかもしれないと伝えてもおいたよ」

「ありがとうございます……それと……これって」

私は所狭しと輝く宝石や過去の品々に視線を投げた。

レイナルドはブレスレットを一つ取り、懐かしそうに見つめながら答えた。

「もし君の記憶に残っている物があるのなら、本当にそれが姉様の物であったかを確認してもらいたい。姉様の物はマクレーン領とローズ領に戻そうと思っているんだよ」

「わかりました。これを全部ティア妃が持っていたんですよね？」

「そう」

レイナルドの顔が歪む。

「悪趣味だからね。全て一度は綺麗にしておいたけれど」

随分と徹底した管理をしているようだ。どうりで古い宝石まで綺麗に磨かれているわけだ。

「一応、極秘裏に入手した物でもあるからここに隠している……ということにしておいた」

ティアの物証を探索するため裁判前からティアの私室には人が出入りしていたらしい。

その隙をついてこれだけの品を回収していたらしく、バレれば事が事なだけに大変だろう。

「ローズマリーのことになると本当に見境がないですね……レイナルドって」

思ったことを口にすれば。

当然じゃないかと、笑顔が物語っていた。

急務が残っているようですぐに部屋から出ていったレイナルドを眺めつつ私は重い息を吐いた。

近頃のアルベルトはディレシアス国と諍い合った北部の砦、そして自領であるマクレーン領への行き来を繰り返す多忙な日々を送っているところだった。

(忙しい彼に、私のことで時間を費やさせて良いのかしら)

ローズマリーの荷物を片付けながら物思いに耽る。

手に取る荷物はどれも郷愁に駆られるものだった。このドレスは婚約発表の時のドレス。この宝石は一六歳になった生誕祭で国王から頂戴したもの。

（あら、よく考えればグレイ王子からの贈り物って残っていないのね）

何を贈られたかも曖昧だったけれど私は苦笑した。

グレイ王子の婚約者として生活した記憶は少なかった。グレイ王子に口うるさいと避けられていたせいでもあるだろう。正式な婚約が発表されて一年ぐらいで彼はティアに肩入れしていた。

「これってアルベルト様からの贈り物だ……」

手に取った髪飾りは他の装飾品よりも安物ではあったけれど、持ち主によって大切に保管されていた形跡があった。大事に箱にしまわれたそれは、ローズマリーが王宮に来る前に贈られた誕生日のプレゼントだった。

私の胸に嫉妬という痛みが走る。

「ローズマリーもアルベルトを好きだったのよね……」

ローズマリーだった頃の淡い恋心は記憶にある。

アルベルトから贈り物をもらった大切な思い出。

亡くなるまでずっと大切に保管していたことは記憶で覚えていたのに、こうして現物を目の当たりにして胸が痛むだなんて。

マリーである私にも贈り物をくださることはある。花とかお菓子とか、可愛らしい贈り物。

「若い方に贈れば良いかわからないな」と恥ずかしそうにしながら贈ってくれた。

忙しい日々だろうに、できる限り時間を費やし私に会いに来てくれる日もあった。

私が侍女として就任したばかりの頃も、いつも気遣ってくれていた。慣れないことはないかと、不遇な境遇になっていないかと。一介の侍女であった時からアルベルトの態度は変わらない。

アルベルトとの思い出はそれだけではない。

私がローズマリーだと知る前からお茶を出すと「一緒にどうだ?」と声をかけてくれることもあった。

剣の鍛錬を行う姿は、ローズマリーの頃はまだ若く腕前もまだ弱い頃だった。

今の鍛錬姿は指導者としての姿を見かけることが多いけれど、それでも時々模擬試合で見かける姿は騎士そのものだった。

前世と今世。どちらの記憶も事実であり大切な思い出だった。

(わかってる……私の悩みはただの我が儘でしかない)

私だけを見てほしいだなんて、三文芝居で見かける嫉妬深い女が吐くような言葉だとは重々理解している。けれど今抱える感情は、まさしくその言葉がよく似合う。

何よりも前世であった自分自身、ローズマリーに敵わないのだとどこかで諦めたような気持ちがあるからだ。

(ローズマリー……)

彼女が好きだったドレスや帽子を抱きしめながら心の奥に潜む過去の私に語りかける。

(貴女なら今の私を見てどう思う? こんな卑屈な私が、貴女の……ローズマリーの未来の姿だなんて幻滅するかしら)

少なくとも覚えている前世の私は、常に次期王妃として人に尊敬されるべき人物であればと教え込まれていた。私情ではなく国を慮れ、夫となるグレイ王子を支えられるようになれと叩き込まれていた。

色恋に関する教えなど一つもなかった。人は恋に狂うと正気すら保てなくなる恐ろしいものだと知る由もないままに成長し、そして目の当たりにした。己の立場すら崩し落としながら愛を叫ぶ婚約者の姿は、当時のローズマリーにとって信じられないものであった。

前世であれほど痛い目にあったというのに。今の私は恋に狂ったグレイ王のことを悪く言える立場ではない。

何故ならこれから私はアルベルトの愛情を試すために偽ろうとしているのだから。

(やっぱり嘘は良くない)

レイナルドがアルベルトを試すと言い出した時、本当は反対すべきだったのだ。

それでも、本当にアルベルトが慕う人が誰なのか知りたかった……真実がわかるならばと頷いてしまった。

何て欲深い生き物だろう。

これが恋情による狂気の沙汰なのかもしれない。

私は何故かおかしくなって笑ってしまった。

「今更グレイ様のお気持ちがわかるなんてね」

握りしめていたアルベルトからの贈り物を机の上に戻した。

(正直に伝えよう。嘘なんてつかなくても、きっとアルベルト様なら答えてくれる)

決心して立ち上がり、窓辺から夕暮れに差しかかる空を眺めた。

レイナルドの話によれば、マクレーン領に出向いていたアルベルトに早馬を出して私のことを伝えたという。彼のことだから今日の夕刻を過ぎた頃に王城に戻ってくるだろう。

（ちゃんと私から話をしよう）

そう考えながら窓辺で外を眺めていた。

キラキラと夕暮れの光が差して、部屋に置かれた飾りも煌めきを見せる。

（何だろう……何だかとても……）

日差しの温もりが心地よいからなのか、窓辺から差した光と共に鳥の囀り（さえずり）と風が窓を揺らす音。そのどれもが子守歌のように私を眠りにいざなった。

うつらうつらと瞼（まぶた）を閉ざしたその時。

（おやすみなさい……マリー）

母のような優しい声色で、冷水のように冷たい指先で私を眠りの世界に誘う誰かの気配を感じた。

けれども睡魔は既に私を包み込んでいて、その優しい誘いに抗う（あらがう）術もなく。

気づけば私は、深い眠りに落ちていた。


馬のいななきが城門に響く。

門番は勢いのまま入城してきた者に対し警戒を見せたが、男の身に着けている紋章と顔を見て即座に姿勢を正した。

馬上のアルベルトは急ぎ駆けつけたために興奮冷めやらぬ愛馬から華麗に飛び降りると、門番に無理やり手綱を渡した。暴れ馬をいきなり託された門番は慌てた様子で馬を落ち着かせていたが、その間にアルベルトは城内を走り出した。

急いで王宮内を駆ける騎士団長の姿に周囲の使用人は何事かと驚いていた様子だったが、彼自身は周囲の反応など気にもせず目的地である医務室へ向かう。

焦る理由はただ一つ。騎士団の使いからレイナルドの言伝で、マリーが倒れたという報せを受けたからだ。

何が起きたのか詳しく問うにも団員は知らないという。詳しいことはレイナルドに聞いてほしいとの一点張りだった。

一刻も早く様子を見に戻りたいが残っていた急務があり、どうにか仕事を最低限終わらせてから早馬で王城に戻ってきた。ろくに馬を休ませずに来たために日は暮れていた。

(やっと彼女の障害となり得るものは消えたというのに……！)

復讐も終わった、ティアも捕まった。

もう何も不安になることはないという今になってどうして。

王城に到着してすぐにレイナルドの元へと向かう。

「レイナルド……！」

突然の訪問者にレイナルドは驚く素振りもなく憂いた顔だけを見せた。

「なあ、アルベルト。姉様の記憶が消えても彼女を愛せるか？」

「どういうことですか？　それよりマリーは……」

「答えてくれ。大事なことなんだ……そのままの意味だよ。君が愛する者は、マリーなのか……それともローズマリー姉様なのか、だよ」

「そんなの……」

言葉に詰まる。

「もし、君が姉様に懸想した上でマリーのことを愛しているというのであれば……どうかこのままマリーに会わずに戻ってくれないか？　この先、姉様の記憶を失った彼女をローズマリー姉様の面影を頂きながら愛し続けるのは……あまりにもマリーが不憫だ」

レイナルドの言葉に、アルベルトは足元が崩れ落ちそうになった。

「マリーは……彼女は、ローズマリー様の記憶を失ったというのですか……？」

レイナルドは悲しげに窓を見つめた。

迫真の演技であることに、残念ながら衝撃を受けているアルベルトは勿論気づかない。

「全てが終わったからかな……マリーに尋ねても何一つ覚えていないと思うよ。君との幼い頃に交わした思い出も、約束も……何もかもを」

「………」

「なあ、アルベルト」

振り向いたレイナルドの顔は、ローズマリーに似て美しい。

「我々は過去に囚われすぎていた。けれどマリーは……彼女は未来に生きる女性だ。私たちのように過去を引きずる者にはあまりにも……彼女は眩しすぎると思わないか?」

レイナルドの言葉はわかる。

過去の復讐に囚われていたアルベルトには耳に痛い。

けれどアルベルトは思い出す。

マリーと過ごした日々は、決してローズマリーと共に歩んできたわけではない。

マリーという一人の女性だからこそ、アルベルトは惹かれ、共に在りたいと思ったのだ。

「…………まずは彼女に会いたい」

何よりも重要なのはそこだ。

マリーの無事を確かめたい。

たとえ記憶を失おうとも、アルベルトとの過去の思い出も、今までの思い出を失ったとしても。

大事なのはマリーの無事だ。

自身の感情などどうでもいい。まずは彼女の安否を知りたかった。

「マリーは隣室にいるよ」

隣の部屋にいるとわかるとすぐ、深刻な表情のままアルベルトは部屋を出た。

パタパタと小さくなる足音を聞きながら、レイナルドはふう、と息を吐いた。

「さて、どこまで揺らしが効いたかな」

先ほどまでの悲痛な表情をもって話していた態度が嘘のように飄々としながら、アルベルトが立ち去った扉を眺めていた。

『我々は過去に囚われすぎていた。私たちのように過去を引きずる者にはあまりにも……彼女は眩しすぎると思わないか？』

己がアルベルトに告げた言葉は、そのままそっくりレイナルドに返ってきていた。

「本当に……眩しすぎる」

レイナルドが目を開けていられないくらい、その輝きに涙が浮かびそうなくらい。

レイナルドにとってマリーという女性は輝いていた。

隣室の扉を軽く叩く。返事がないためゆっくりと開けた。

医務室の消毒液の匂い。窓が開いて吹く風に乗ってアルベルトの元に届く。

寝台の上にマリーはおらず、窓辺で椅子に座りながら外を眺めていた。

身動きがないため、うたた寝をしているのだろうかと近づいて様子を窺ってみる。

予想通りなのか、マリーは目を閉じていた。アルベルトが訪れてきたことにも気づかずに安らかな表情を見せている。

声をかけるかためらう。まずは、怪我をしていないか彼女の様子を確認する。特に傷も見えないため安堵した。しかしこのままでは風邪を引いてしまうと考え、アルベルトは眠るマリーを起こさないように抱き上げて寝台に向かうことに決めた。

足音を立てないようにマリーの元へと向かう。

近づけばよく見えるマリーの寝顔。

(穏やかに眠る彼女の寝顔を愛しいと思うだけではいけないのだろうか……)

レイナルドの告げた言葉が胸に残る。

ローズマリーの記憶をなくしたとしても、マリーが好きか?

ただ一人の女性として、マリーのことを好きでいられるのか。

そんなことを聞かれて、すぐに答えが出せなかったアルベルトは頭を無造作に掻いた。

「わからない……」

出会った時は確かにマリー・エディグマという一人の侍女だった。その後、彼女がローズマリーの生まれ変わりだと知った。

「難しく考えることは苦手だな」

自嘲気味に苦笑した。

小さな声で呟いていたと思っていたがマリーの瞼が揺れ出した。

起こしてしまったのだろうか。

申し訳ない気持ちがありつつもアルベルトは彼女が覚醒するのを待つ。

マリーは蜂蜜色の瞳をゆっくりと開けてアルベルトを見つめた。

「マリー。大丈夫か?」

顔を覗き近くで声をかけてみる。

だがマリーは、一言も言葉を返してこなかった。

「マリー？」

まさか記憶と共に自分のことまで忘れてしまったのではないかと不安になったが、ようやく笑みを浮かべたマリーの表情を見て安心した。

「無事なようで良かった……」

レイナルドから聞いたことを詳しく確かめようと思ったが、それ以上に彼女が無事でいることがアルベルトにとっては嬉しかった。

が、予想を反するマリーの反応に全ての思考が止まった。

マリーが椅子から立ち上がると、アルベルトの手を両手で摑んで握ってきたからだ。

感謝を示すような触れ方に動揺してしまい、何を聞くべきだったかも忘れてしまった。

こんなに、愛おしそうに手に触れる彼女の姿など……見たことがなかった。

「アルベルト……」

優しい声色でアルベルトの名を呼んだ。

マリーの声に変わりはない。

けれど何かが違うと、アルベルトは感じた。

今のマリーはまるで別人のように変わってしまっていた。レイナルドが言う通り、マリーの記憶に混濁が表れているのかもしれない。アルベルトは慌てて彼女の手を握り返した。

「マリー。レイナルドから聞いたが……記憶が曖昧なのだろう？　痛みはないか？　どこか辛いところは……何か思うことがあれば言ってほしい。少しでも貴女の不安を取り除きたい」

少しでも安心を与えてたくてアルベルトは必死だった。マリーへ顔を近づけ、おかしな様子がないか確認するように覗いたが。

やはり、どこか違和感があった。

顔立ちも姿も間違いなくマリーだというのに。

アルベルトはずっと違和感が消えないでいた。

「マリー？」

どうしてか、名前を呼んで確認したくなった。彼女はマリーだということは理解しているはずなのに、確認せずにはいられなかった。

その疑問は的中した。

マリーが顔を横に振ったからだ。

違うと。

マリーではないという。

それでは今、目の前にいる女性は誰だというのか。

摑んでいた手を少し緩めると、マリーの姿をした女性は一つの髪飾りをポケットから取り出した。

それは二〇年ほど前にアルベルトがローズマリーへ贈った髪飾りの一つだった。見覚えがあったのは、安物だというのにローズマリーが好んで長く使ってくれていたからだ。

アルベルトは髪飾りとマリーの顔を交互に見合わせて。

まさか、と思う名前を呼んでみた。

「ローズマリー……様……?」

あり得ないことに、彼女が微笑んだ。

マリーと同じようで、それでいて全く違う微笑みの仕草。貴族らしい上品な笑み。その笑顔にアルベルトは見覚えがあった。遠い遠い過去の記憶。かつて思い出しては胸を痛ませたあの笑顔にあまりにも似ていた。

(レイナルドから聞いていた話と真逆ではないか……!)

アルベルトは驚愕した。

レイナルドから聞いた話では彼女は、マリーはローズマリーの記憶を失ったと言っていたのに。今の彼女はマリーではなくローズマリーだ。

翡翠の瞳が印象的な姉弟だった。ユベール一族に連なる者に表れる色だと言っていた。

しかし今、アルベルトの目の前にいるマリーの瞳は全く違う蜂蜜色をしていた。それでも見つめている間、錯覚のように翡翠の瞳がアルベルトを見ているように感じていた。

マリーの顔立ちは生前のローズマリーの顔立ちとは似ていない。血族でもなければ縁もない彼女は前世がローズマリーなだけで、決してローズマリーと顔は似ていないのに。

(どうしてこの笑顔だけで……あの方だとわかってしまうのだろう……)

アルベルトは泣きたくなった。

会いたいと思っていたその人が目の前にいる感動は計り知れず。けれど素直に喜べない状況でもあって、人生で一番混乱をしているかもしれない。

何が正しいのかさえわからず困惑してばかりのアルベルトの手を、彼女は強く握りしめた。

(もし彼女が本当にローズマリー様だとするならば、マリーの記憶は？　彼女はどこへ……？)

「アルベルト」

穏やかな口調のマリーが名を呼ぶ。普段付けている敬称のない呼び方だった。

「少しだけ、時間をください。心配なさらないで……マリーが眠っているこのひと時だけです」

「眠って？」

「ええ……マリーが眠っている間のほんのひと時。どうかひと時の夢だと思って話をさせて」

アルベルトがマリーの姿で話をするかつての主……ローズマリーを見るのは、王城でグレイ王に対して復讐を果たそうとしていた時だった。

幻のように現れ、レイナルドどころかアルベルトの復讐心を風化させたローズマリーの姿。

彼女が言うひと時の夢だというのであれば。

その夢を甘んじて受け止めたい。

「本当に貴女なのですか？」

それでもどうしても信じきれずに問えば。

彼女は当時の笑顔そのままに微笑んだ。

アルベルトは膝を付き、ローズマリーの手の甲に触れた。

それはかつて幾度も行ってきた、騎士としての忠誠の証。

「ローズマリー様……！」

抑えきれない感情のままにアルベルトはひたすらに首を垂れる。

「誓いを捧げたにもかかわらず、貴女をお守りできませんでした……」

それはずっとアルベルトの中に抱えてきた後悔。懺悔。

「申し訳ございませんでした……！」

まなじりに浮かべた涙を零すことすらアルベルトには許されない。復讐を果たすその日まで懺悔することすらできないと思っていた。

合わせる顔すらないと、本当に思っていた。

けれどローズマリーは跪き許しを乞うアルベルトの視線に近づき。

「許します」

とだけ、言ったのだ。

その一言だけでアルベルトは。

初めて涙を一筋零したのだった。

「アルベルト。マリーを、弟を守ってくださったこと。本当にありがとう」

マリーの声質で語るローズマリーの言葉に、アルベルトは更に頭を下げた。

「勿体ないお言葉です」

アルベルトには彼女に忠誠を誓う価値などないと思っている。守ると誓ったローズマリーを助けることができなかった過去は事実である。

けれども、それを言葉にすればきっと彼女は悲しむということも知っている。

だからだろうか。彼女がまず感謝の言葉を告げたことがアルベルトには嬉しかった。

「何故、このようなことになっているのでしょうか」

今起きている状態をどう受け止めるべきなのか、アルベルトには理解が追いつかなかった。

穏やかな笑みを浮かべたままにしていたローズマリーが生前に使用していた手鏡を見つけ手に取ると、鏡に映るマリーの姿を眺めながら耳に髪をかけた。

「私が亡くなり、すぐにマリーに生まれ変わりました。私はずっと……マリーと共に成長してきました」

鏡に映る女性、マリーが産声を上げてからローズマリーは形ない姿のまま彼女の魂と共にあった。

「マリーが初めて歩いた時も。初めて友たちと喧嘩(けんか)した時も……全て一緒に見てきたの。まるで親友のような、母親のような気持ちでずっと一緒にいたわ……不思議よね。私はマリーだけれども、やっぱりマリーではないの」

自身が生まれ変わりを果たし新しい人生を紡ぐ自身を、ローズマリーは眩しく感じていた。ずっと叶えたかった願いを叶えてくれるマリーが愛しくて羨ましくて大切だった。

「マリーが私の記憶を持つように、私もマリーの記憶を持っているような感じかしら？　貴方とレイナルドの復讐を知り、マリーが私をずっと呼んでいたの。助けてほしいって……まさかこうして表立って何かを話すことができるなんて、思っていなかったわ」

少しばかり悪戯そうに微笑むローズマリーの姿を見て、アルベルトは懐かしむ。

確かに幼い頃の彼女は、こうして楽しそうに笑っている時があった。

「今回こうして話をしているのも、少しだけお節介をしたくなって」

「お節介ですか」

かつて侯爵令嬢であった彼女からは考えられない言動だった。

「そうよレイナルドと同じお節介を。大好きなマリーのために」

彼女が、彼女自身を包み込むように手を組む。

そうして、アルベルトを見る。

翡翠色に錯覚する瞳がアルベルトを捕らえる。

「ねえアルベルト。マリーと私……ローズマリー。どちらを貴方は好きなの？」

「え……？」

その言葉。レイナルドを思い出す。

この姉弟は全く同じことをアルベルトに尋ねている。

けれどレイナルドと最も異なるところはローズマリーの口から出た言葉がレイナルド以上にアルベルトの真偽を問うような、そんな重たさを持っていた。

言葉は色恋事を問うているはずだというのに、言葉の重さがアルベルトには十分すぎるほどの重さを帯びていた。

「貴方は私とマリーのどちらに忠誠を誓っているのかしら？　マリーに忠誠を誓っているとすれば、彼女が私だからではなくて？」

「それは……」

ローズマリーの言う通りである。

「貴方が彼女に結婚を申し込んだ時も聞いていたけれど」

「え……！」

あの失態をローズマリーにも見られていたのかと思うとアルベルトは顔を赤くすべきか青くすべきかわからない、複雑な表情になった。叶うことならば時を戻してなかったことにしたい。

「貴方は本当にマリーが好きなのでしょうか？　本当に……マリーを幸せにしてくれるの？　少しでも私を……ローズマリーとしての面影を抱いているのならば、それはマリーにとってきっと幸せではないわ」

ローズマリーが顔を上げてアルベルトを見つめる。

「もし幸せにできないのなら、マリーから離れてくれないかしら」

その鋭利な言葉。真偽を問う眼差し。

どう、言葉を返せば良いのかアルベルトは躊躇した。適当に取り繕ってよい話題ではない。アルベルトが少しでも偽りを吐けば、聡いローズマリーによってすぐに見破られるだろう。

アルベルトとしても嘘を告げるつもりなど微塵もない。ただ、自分の中でも答えが導き出せないままに答えて良いものなのかわからなかった。

だが答えを出さなければいけない。

今伝えなければ、全ての機会を失いかねない。

それが何よりもアルベルトには恐ろしかった。

「忠誠を誓う相手は常に一人であれ……ローズマリー様の問いに答えるのであれば」

アルベルトは一度息を止めてから改めてローズマリーを見据えた。

「忠誠を誓う方はローズマリー様。貴女だけでしょう」

マリーへの誓いに偽りはないつもりだった。

けれどアルベルトにはわかる。

もし、マリーがローズマリーの生まれ変わりと知らなければ、アルベルトは彼女に忠誠を誓わなかった。

彼女がかつて忠誠を誓った、ローズマリーの魂を受け継いだ者だからこそ。

彼女にこそ己の忠誠を誓うべきだと思ったからだ。

「ですが……」

言葉を続ける。

「今の私が心から守りたいと……慈しみたいと思うのは、マリーだけです」

アルベルトは告げる。

初恋の想いがあるからマリーに惹かれたのかなど、もはやアルベルトにはわからない。

わかることは、今傍にいるマリーが愛しいということ。

それだけだった。

アルベルトの答えを聞いていたローズマリーは、ふっと苦笑した。表情がコロコロと変わるローズマリーは新鮮だった。器がマリーだからなのか、生前の頃よりも人懐こさが見える。

マリーのよく変わる表情がアルベルトは好きだった。

「騎士として忠誠を誓う思いはローズマリー様、貴女だけに捧げた誓いは今も変わりありません。けれどもどうか、一人の男性として愛する女性を守りたいという気持ちを、マリーに捧げさせてください」

マリーを幸せにできるかなどアルベルトにはわからない。

「マリーを幸せにできるか。それはマリーが何をもって幸せであるかわからない限り私には答えられない。もしマリーが、彼女の幸せが私と同じであるのだとしたら。私は私の持つ全てを使ってでも願いを叶えたいです」

マリーはいつも何も望まなかった。

彼女自身が何かを望んで行動する姿を見ていない。けれども他人の意見に左右されるわけでもなく、自らの意志をもって他者のために行動していた。ローズマリーや、レイナルド、そしてアルベルトのために。

家族を愛し前世のローズマリーを想い、ローズマリーの愛した全てを慈しむ心優しい女性。

そんなマリーの全てがアルベルトは愛おしかった。

「ローズマリー様。先ほどの問いに対する答えですが……」

アルベルトの眼差しの向こう、ローズマリーの姿から更に眠っているであろうマリーを見つめる。ローズマリーがこうして意思を持って表れていることも、最近になってマリーが悩んでいた様子も全てがこのことに起因しているのであれば。

その不安をマリーから取り除きたい。

ローズマリーとしての記憶をなくしてもマリーを愛せるかと、レイナルドは聞いた。

ローズマリーとマリーのどちらを好きなのかと、ローズマリーは聞いた。

アルベルトの答えは一つ。

「ローズマリー様であった記憶も全て慈しむマリーだからこそ、私はマリーを愛しています。それで答えになりますか?」

導き出した答えを出した時、ローズマリーが笑い出した。

「ローズマリー様?」

ローズマリーを眺めていたアルベルトが怪訝(けげん)そうに彼女を見てくる。

「ふふ……貴方の答えは正解だったみたい」

嬉しそうにローズマリーが応える。

「え?」

恐らくこの時のアルベルトは、今までにないぐらいに間抜けな顔をしていたことだろう。

「騙してごめんなさい、アルベルト。彼女……マリーは今、私を通して貴方の言葉をしっかり、受け止めてくれているの。だってあの子は、私なのだから」

後にアルベルトは思う。

この時の主……ローズマリーはやはり。

レイナルドの姉だということを。


うたた寝をしてしまったなと、気づいて目を開けた時。

何故か目の前にアルベルトがいた。

(え?)

私は思いきり動揺してしまった。寝顔を見られてしまったという恥ずかしさも相まってきっと変な顔をしている。

平静を取り持ってアルベルトの名を呼ぼうと思ったけれど、何故か口が開かない。それどころか「私」が思ってもいない行動をしている。

まるで別人に操られているような感覚。私は私のはずなのに、体が言うことを聞かず傍観者になっている。

(何これ、夢の続きだったりする?)

別人のように動く私が立ち上ると辺りに置かれた装飾品の山の中から髪飾りを取り出し見つめた。

ローズマリーの思い出で見たアルベルトからの贈り物だ。

さっきから他人のように自分の動きを眺めていることが不思議で、やっぱりまだ夢でも見ているのかなと思った。

それから「私」が話をし出す。

いつもの私ではあり得ない優雅な物腰、言葉遣い。

少しずつ何が起きているのか理解したのは、アルベルトの口から「ローズマリー」の名前が出た時だ。

本来、理解できることなんかじゃない。

夢と言われた方がまだ現実味がある。

でもこの感覚に覚えはある。

(私……ローズマリーになっているの?)

この感覚を抱いたのはグレイ王と会い、レイナルドの復讐を止めるために行動した時。

レイナルドとアルベルトの復讐を止めたくて、ローズマリーに祈った時、確かに私の感覚は薄れ、まるでローズマリーが憑依(ひょうい)したような感覚で動いていた。その時と今が全く同じだった。

私の中に、もう一人の誰かがいると感じた時と一緒。

(ローズマリー?)

私の問いに、胸の奥で誰かが呼応した。

本当にローズマリーなんだ。

私の姿を借りたローズマリーがアルベルトと会話をしている。

部屋に訪れたアルベルトもまたローズマリーの存在に気づき会話を始めている。

私の声なのに全く別人のような「私」が彼と話す。

その会話の意味することを理解できたのは、そしてどうしてローズマリーが私に代わりアルベルトの前に立っていたのかを知ったのは。

全ての会話を終えた時だった。

（ローズマリーには私の気持ちが筒抜けだったのね……当たり前か。でも恥ずかしすぎる……！）

考えてみれば前世の意識があるかないかというだけで、結局同一人物みたいなものだから当たり前なのだけれども。

（お願い……これ以上私のことを晒さないで……）

だって、ずっとローズマリーが私の代弁をしていたことは全て事実だから。

アルベルトが私を通してローズマリーを見ているんじゃないかな、とか。

忠誠を誓っているだけで……本当に好きなのかな、とか。

（全部……全部、私が気にしてること……！）

恥ずかしい。いっそローズマリーに生まれ変わりたい。

けれど、アルベルトの言葉が嬉しかったこともまた事実。

アルベルトの本心を聞けたことで、私が抱いていたわだかまりは全て消え去ってしまった。

我が儘な私は、マリーである私を見てほしい。

けれども、ローズマリーだった私はローズマリーのことも忘れないでほしい。

そんな葛藤を抱いていたりもした。

恋をしたい私と、思い出を忘れてほしくないローズマリーの私。

そんな私へ、アルベルトがはっきりと告げてくれた答え。

（うじうじと悩んでいたのがバカみたい……）

心に眠っていたはずのローズマリーが表れるぐらい私はきっと悩んでいた。だからこそ私の代わりにアルベルトに問いかけてくれたのだ。

（ありがとう……ローズマリー……）

祈るように心の中で感謝を述べれば、表に出ていたローズマリーは苦笑しながらも受け入れてくれたらしい。

「優しい子。前世の絆（きずな）に巻き込まれたというのに……不満もなく私の意思を貫いてくれた」

「ええ、本当に」

「私、マリーに生まれ変われて良かった。とても幸せよ」

私への感謝の想いが、言葉が届いてくる。

そんな風に感謝されるなんて思わなかった。

記憶として知るローズマリー。私自身の過去の姿。

そんな彼女が、こんな風に姿を現してくれたこと自体が奇跡だった。

その奇跡に感謝したい。

「アルベルト。最後にお願いがあります。望みばかりを押し付ける主でごめんなさい……忠誠を誓ってくれた貴方にしか願えないこと」

次第に、私の意識が身体に戻されていく感覚が生まれる。ローズマリーの意識が消えていく。

最後だと言わんばかりにアルベルトの手を握りしめる彼女の感覚が、私にまで伝わってくる。

「レイナルドを頼みます。そしてどうか……貴方も幸せになってね」

「……仰せのままに。我が主」

間近で見据える焦茶色の瞳が強い意志を秘めてローズマリーの願いを受け止めた。

そしてローズマリーは満足するように微笑んで。

私の意識が、私の身体に戻った。

「…………」

「…………マリー？」

私の呆けた表情からローズマリーの意識が消えたことを察したらしいアルベルトに呼ばれる。

けれど私はどうしても返事ができなかった。

何故って？　恥ずかしいから。

あれほど直向きな告白の後にアルベルトを見ることなんてできない。

「……俺の言葉が聞こえていたのだろう？」

「…………はい」

か細い声で返事をしたら、アルベルトが「ブッ」と笑い出したので真っ赤になって顔を上げた。

「だったら返事を聞いてもいいかな？　この間の」

「…………」

随分と清々しい表情を見せているアルベルトがむしろ憎らしい。その顔もカッコいいから余計に悔しい。

自信に満ち溢れているアルベルトは素敵だった。

ローズマリーが言っていたように私は彼の言葉が嬉しかった。本当に嬉しかった。

アルベルトの好意は全てローズマリーに向いているのではないかと考えてしまってから、ずっと悩まされていた思いを全て解消してしまった。

嘘偽りない言葉で、忠誠すべき相手を守りたい相手を言葉で伝えてくれた。

そんな言葉を言わせてしまう自分自身が情けなくて申し訳ないし、嬉しいけれども素直に伝えられなくて。

口を開け、返事を返そうとするけれど言葉が出ない私を見てアルベルトが笑い。

パクパクと動かしていた間抜けな唇に、その端整な顔立ちが近づいて口付けてきた。

一瞬の動作に抵抗するなんて考えは生まれることもなく。

唇が離れて間を置いてから、私は声をようやく発することができた。

「な……にするんですか！」

「駄目だったか？」

何だか普段よりも余裕めいた様子を見せるアルベルトに主導権を握られている。

勿論、駄目だなんて言えない。

だって好きだから。

「…………するならすると、ちゃんと言ってください」

私、何を言ってるんだろう。そういう自覚は十分にあったけれど。

多分何を喋らせてもうまく返せる気がしなかった。

アルベルトは私の答えを聞いてまた笑い。

「では改めて。…………もう一度いいかな？　マリー」

剣で鍛えられた手のひらが頬に触れて。

鼻先まで近づいた色気ある顔が私の瞳を覗き込む。視線が心の底まで覗いているみたいでドキドキする。

自分で言っておいて何だけれども、これなら確認しないでされた方が緊張しなかったかもしれない。許可をするなんてそれこそはしたなかったかもしれない。

それでも、私の答えは決まっている。

「………………どうぞ」

答えてすぐに交わされた口付けに翻弄されるまま抱きしめられて。

心の底から溢れる喜びに打ちひしがれ、私は静かに瞳を閉じた。

言葉にできなかったアルベルトからの返事を口付けで返す。

初めて焦がれた人との口付けに酔いしれながら、心の底に眠るローズマリーにただ一言「ありがとう」と告げる。

そうすればきっと。
私の奥深くに眠っているだろう彼女は。
嬉しそうに笑っていると思った。

終章　復讐の先

薄汚く狭い檻の中で見飽きた景色を毎日呆然と眺めていた。

冷たくて薄っぺらい寝台で横になっても起きれば身体があちこち痛む。

食事は日に二回、朝と夕方に支給されるが硬いパンに冷めたスープで味気はない。

ティアは、今までこんな質素で美味しくもない食事を食べたことがなかったため初めて出された時はあまりの味のなさにろくに食べなかったが、飢えは食欲を最大限に引き出し、今ではその味気ない食事がティアにとってこの生活の糧になっていた。

冷たい独房の中で目覚める。何もせずに過ごし、与えられる食事を食べ、冷えた寝台の上で眠る。夜中に寒さと身体の痛みで目が覚める。小さな窓越しに月を見る。そして朝が来る。

何もすることがないというのに、今のティアは生きることにしがみついていた。

今まで生きていても空虚でつまらなかった。ゲームを作り出しては遊興に過ごしている日々だった。勝負に勝てば愉悦に満たされた日々。

ゲームに敗北をした先のことなんて考えたこともなかった。

「いつまでここにいればいいの………」

ぼそりと呟いた声は、久しく声を発していなかったためにしわがれたような声をしていた。

軽やかな鈴の音色のようだと称賛された声とは真逆のような老婆のような声。

ろくに身体を清めてもいないため悪臭すらしていた。三日に一度身体を拭うようにと濡(ぬ)れた手拭いを渡されるが、それだけでは体を全て清めることなどできない。それでも顔や身体を濡れた手拭いで清めるだけで今まで感じたことがないほどに清涼な気持ちになれた。そのためティアの牢獄生活の中で唯一の癒しと言っても過言ではない。

王城を追い出されようとも侍女は常に傍にいた。入浴をしながら髪にオイルを塗り艶を出していた赤髪も、今では水気を失い絡まっている箇所を手櫛(てぐし)で直す。

日がなすることがないため、暇潰しにと独房に入れられた女性用に支給しているという刺繍を渡されたが、ティアは刺繍が嫌いだったため手を付けていない。

そういえば昔、全く同じように牢獄に入れられたローズマリーを見学しに行った時彼女は刺繍をしていた。

思い出せる記憶の中の女性は、今のティアと全く同じ立場のはずだったのに。

対面したローズマリーを汚らしいと笑った。

私を敵視するのだから、私のゲームを邪魔するのだから牢に入って当然と思っていた。

ティアは荒れた爪を噛む。牢に入ってから爪をギリギリと噛む癖が出てきた。

悔しい。本来私はこんな場所にいるべきじゃない。

王妃として寵愛されるべき存在。現国王の母親なのだからその点も考慮して判決を下されるのであれば、国外追放になるだろうと、裁判を受けながら思っていた。

しかし現実は残酷にも絞首刑を宣告された。

聞いた時は耳を疑った。処刑される未来なんて用意していない。想定外すぎる現実に声を出して反論したかったけれどもすぐさま押さえられ法廷から追い出され、この独房に閉じ込められている。

処刑の日取りを教えられてから毎日日数を数えている。

自分が死ぬまであと何日か確認するためだ。

恐ろしいのにやめられない。

夢なら早く覚めればいいのに。けれど毎日空腹になり、生理現象は生まれる。現実だとティアに叩きつける。

これだけ現実というものが辛く、逃れたいと思ったことはなかった。

生まれてから今まで退屈な日々に飽き飽きしていた。言われるがままに生きてきた中でゲームだけがティアの生き甲斐だった。

人を騙した時の悔しそうな顔、敗北がわかった時の相手の絶望、どす黒いまでの感情をティアに突きつけてくる相手を見る時こそティアの愉しみだった。

その絶望を、悔しさを自身が体験することなんてなかった。負ける勝負はしてこなかった。負けると予測をつければすぐさま逃げる準備をし、逃げた先で次のゲームを始める。その繰り返しだった。

今のティアは完全なる敗北者だった。彼女が認めようとしなくともそれは紛れもない事実。

しかしティアは敗北以上に恐怖するものがあると知った。

それは死だ。

生きていられる時間が残り僅かだと宣言された時から感じたこともない恐怖がティアを襲い続けている。

どうにかして逃げなければ殺される。

嫌だ、死にたくない。もっと生きていたい。

でもどうして？　生きて何をするというのか。

既に地位も金銭も立場も何もかも失った今、どう生きていくべきかすら戦略が立てられないけれども。ティアはひたすら生にしがみついた。

初めての感情だった。生への執着を初めて乞う。惨めな行為だとはわかっている。ティア自身、命乞いした者の姿を何度も見てきた。そのたびに嘲笑（あざわら）った。汚らしい。勝者に命乞いまでして助かりたい命なのだろうかと。そして見捨てた。

今、全く逆の立場となって初めて知った。己のプライドなどかなぐり捨ててでも助かりたい。死にたくない。

それでも刻一刻と刑の日は近づいてくる。

どうにかして。誰か助けて。

声を枯らしたティアは牢で叫びたくなった。けれども今この場にいる看守に命乞いをしたところで助かるわけがない。

どうにかして助かる方法を考えた。ゲームの攻略は得意なのだから、その頭を今こそ活（い）かすべきだ。

そこでようやく助かる方法を思いついたティアは、看守を呼んだ。

看守は嫌々ながら近づき、冷たい声でティアに声をかけてくれた。

ティアは檻の柵にしがみつく勢いで看守に頼み事をした。

「処刑前にどうしても息子に会いたいのです。どうか私の息子に、リゼルに会いたいと伝えてください」

瞳を潤ませながら懇願した。大切な母親が息子に会いたいという想いを吐き出した。

そうすれば看守はしばらく黙り込み。

「伝えておこう」

とだけ言ってその場を離れた。

ティアは感謝した。神へ祈るような信仰心など何一つ持っていなかったが、神に感謝したい気分だった。

心優しいリゼル王ならば慈悲の心で母親を助けてくれるかもしれない。

ティアは作戦を考える。どうすればリゼルがティアを釈放してくれるか。ティアが持つ唯一の切り札は、現国王の母親ということだけだった。

手駒でしか物事を考えられないティアは気づかない。

彼女の持つ切り札に必要不可欠である、愛情という欠かせないモノが抜けているということを。

刑の執行日まであと三日。

まだチャンスはある。そう思いながら冷えて硬くなったパンにかじりついていた。

看守に頼んだ頼みは確認したところリゼルの耳に入っているという。あとは彼を待つだけだった。

待つだけの時間は長い。物音がすれば顔を上げ、扉の前を見ては落胆する日が続いた。

呆気なく終わってしまった朝食の盆を下げ、今日も僅かに見える外の眺めを見るだけの日だった。

しかし、ついにティアの望むべき時が来た。

地上へと続く扉の開く音がした。僅かな光と共にティアが待ち望んでいたリゼルの姿が見えた。

看守が頭を下げる。聞こえないがリゼルは彼に礼を告げ、そしてティアの入っている牢に視線を投げた。

「リゼル……！」

感動に打ち震える母の姿を、これ見よがしに近づける。檻に近づき、リゼルに向けて手を伸ばす。

「会いたかったわ……」

涙が一筋零れ落ちた。感極まって涙を流す母親の姿を見たリゼルの反応はどうだろうかと視線を送るが。

その反応はティアが想像していたものと大きく違っていた。

ティアとしては、彼から同情を誘いどうにかして救済を得ようと思っていたのだが。

今、ティアを見る視線には同情の欠片もなかった。ただ、哀れな者を静寂な様子で見据えていた。

「リゼル……？」

彼の様子に不安がよぎった。それでも、諦めるわけにはいかない。

ティアは気持ちを切り替えて息子に話しかけた。

「母のことを許せないとは思います。私もどうしてこのようなことになってしまったのか……きっと何かの間違いではないかと」

どうにか訴えなければ。情ある態度で息子に伝えなければ。

けれども、ティアは未だかつて子供から同情を得る方法など知らない。知るのは異性相手への対応ばかりだった。それでも知識だけはある。

「私の過ちは到底許されることではないでしょう……ですが、息子である貴方にだけはわかってほしかったの……」

「息子ですか……」

今まで沈黙を貫いていたリゼルが発した声色はティアが予想していた以上に冷淡だった。

「貴女からまさかそのような言葉を聞くなんて思いもしませんでした。今まで、たった一度たりとも貴女から母親らしい愛情を受けた記憶がないものでしたので」

「リゼル……？　そ、そんなことないわ。本当はずっとそうしたかったのだけれど。貴方は次期国王となるべき人だった。冷たいようだけれども、貴方を突き放すことこそ、愛情であると教わっていたわ。本当は……」

「もういいですよ。母上」

言葉を遮られティアは焦燥した。

見上げる先のリゼルの顔から、ティアは作戦が失敗に終わっているのだとわかった。

このままではいけない。

「リゼル、お願いよリゼル！　どうかここから出してちょうだい！」

なりふり構わずティアは叫んだ。

「お願い！　まだ死にたくない！　リゼル！」

「この場で同じように母上に罪に問われ命を亡くした方は何人いましたか？」

眉間に深く皺を刻み睨むリゼルのまなじりには微かに涙の跡があった。

「母上が、少しでも他者に情けを与えたことがありますか？　母上によって命を落とした者はどれほどの数いたのですか。その中には……私の弟や妹となるはずだった方もいたのではないですか？」

ティアは何も言えなかった。リゼルの言葉が事実だったからだ。言い逃れを考えるより先にリゼルが話し出す。

「母様と呼んでいた頃もありましたね。いつから私が貴女を母上と呼ぶようになったかご存じですか？　そうですね……初めて私が狩りに成功した年はいくつの頃かご存じですか？」

矢継ぎ早に聞かれる問いにティアは考えて、考えた結果答えが出なかった。

本当にわからなかったからだ。

彼に関する行事には参加していたはずだが、その頃リゼルの年が幾つだったかも思い出せなかった。

ティアの表情から全てを悟ったリゼルの顔をティアは見ていなかった。どれほど哀しみを刻んでリゼルが語っているかなど考える余地も彼女には残されていなかった。

「私が初めて恋をした相手をご存じでしょうか…………私は、貴女が利用したマリー・エディグマに恋をしていたのですよ」

マリーという名を聞いてティアはついこの間、レイナルドを陥れるために利用した侍女を思い出した。そして同時にローズマリーのことも思い出した。

「あの女……あの女なのね……」

ブツブツと声を放つ。

「いつもそう。ローズマリーが私の邪魔をするのよ。そうよ、あの女が私を騙したの。ねえリゼル。あの侍女は悪女よ。貴方もレイナルド卿もあの女に騙されているの。私はあの女にはめられたのよ」

壊れたようにマリーとローズマリーの名を出しては悪態を吐き出す実の母にリゼルは堰(せき)を切ったように叫んだ。

「全て貴女が招いたことでしょう！　他人の命を物のように扱い、人を騙してきた貴女だから

こうなったのだと何故わからないのですか！」

リゼルはもう、実の母に対して何も思い残すものはなかった。幼い頃より両親の愛情を与えられなかった。母の愛を得たいと思っていた頃のリゼルはもう存在しない。

多少の情けをかけるには母の罪は重すぎた。他国への売国行為はいくら王族の一員といえど許されることではない。ここで少しでも情けをかければ、それは王家の信頼すらも揺らぐと彼女にはわからないのだろう。

王となった立場だからこそリゼルは冷徹にならなければいけなかった。

そして、どうしようもない苛立ちをティアに向けてしまいそうになる。

リゼルが唯一焦がれた少女を誘拐したという事実が許せなかった。たとえ想いを告げるには相応しくない立場になってしまったとしても、マリーを慕う想いは今も変わらなかった。

王になった立場であってもマリーとの未来を考えない日はなかった。

もしも彼女がローズマリーの記憶を持っていなければ、王家に対する心情も変わっていたのではないか。

ローズマリーの命を落とす原因となる両親から生まれたリゼルには、マリーに告白を続ける勇気はなかった。

リゼルがひたすらマリーを想い続けることができた日々は短い。

出会って、想いを告げてからの日々。その短い間すらもリゼルには愛しかった。

「母上。貴女と直接話すのは今日が最後でしょう。どうかその命をもって、かつて貴女によって命を亡くした者たちに償ってください」

「ひどいわリゼル……ひどいわ……」

尚も独り言を続けるティアから離れ、リゼルは来た道を戻る。

リゼルにはやることがまだ山のようにある。一瞬の情けすらかける時間は許されなかった。

微かな光と共に開いた扉は、重苦しい音を立てて閉じられた。


「は？　姉様がいらしたって……本当に？」

ローズマリーとの出来事をレイナルドに報告した後の彼の第一声。

レイナルドは仕事を病室で行っていたところだった。本当なら執務室に移動すべきだけれども、移動の時間すら面倒だとそのまま病室で仕事をしていた。何より彼はまだ完治していない。

レイナルドが自分で完治したと言っているだけだ。

その彼が忙しい合間にも私やアルベルトのことを考慮してくれたのだからと御礼と共に先ほど起きた話を伝えた時、彼の表情が一変した。

「アルベルト……お前、私に殺される覚悟はあるか？」

その時、レイナルドの表情はとてつもなく冷え冷えとしながらも殺気だけが肌に感じられるぐらいに怒っていて。

「……死にたくありません……」

騎士団長であり年長者であるはずのアルベルトから発せられる弱々しい声を聞いて、私はどうレイナルドの怒りを鎮めるかに頭を悩ませることになった。

そもそも、アルベルトを騙そうという発案をしたのがレイナルド自身で、私もそのことに一度は賛成してしまったことを改めてアルベルトに謝った。

アルベルトは「こちらにも責任があるから」と言って許してくれた。

レイナルドには「これでチャラとしましょう」といって何とか怒りを鎮めてもらった。

そんなやり取りがあってからしばらくして。

ティア妃の刑が執行された。

私は彼女が処刑台に立ち、刑が執行される瞬間を見届けた。かつてローズマリーが立っていた場所は私も覚えていた。ひどい既視感と、当時の苦しみを思い出して平静ではいられず、まともに立っていることすらできなかったけれども。アルベルトが私を支えてくれたおかげでどうにか立ち会えた。

目を離してはいけないと思っていた。

私も彼女の罪と罰に携わった人間なのだから。ちゃんと受け止めるべきだと思っていた。

刑が行われるまでの間、罪状を述べられている時にも延々と独り言を呟いていたティアは、既に正気を失っているように見えた。恐怖から、自身の罪からも目を逸らし、私のせいじゃないと口走っていた。時々ローズマリーの名前を出しては悪態をつく姿に、レイナルドもアルベルトも怒りを抑えられない様子だったけれども、それ以上に私の体調を心配してくれたことが嬉しかった。

そうして彼女の罪は裁かれた。

以前のような、罪人を晒す行為を良しとしないリゼル王は、処刑された後にティアの遺体を王城へと戻した。彼女の遺体はダンゼス一族に引き渡されることとなった。

かつて王家の一員として受け入れられた彼女だけれども、もう二度と王家の元に足を踏み入れることはない。

刑が執行され幾日が経った時。意を決して私はアルベルトとレイナルドに一度自領へ戻ることを伝えた。

「自領のことが心配というよりも、父と母に色々報告がしたくって」

「それでしたら私もご一緒してよろしいですか？」

アルベルトが手を握りしめて私に聞いてくる。ちなみにこの場には今、兄とレイナルドがいるのだけれど。

兄には既にアルベルトから事情を伝えられていた。兄は私とアルベルトの関係を反対するでも歓迎するでもなく、「騎士を選ぶあたりお前らしい」とだけ言われた。相変わらず失礼な兄だった。

「マリーの父君に婚約の旨を直接お伝えしたい。勿論、母君の墓前にもね」

「こっ……んやくですか」

「何驚いてんだよ、お前」

「求婚されたのではなかったかな。マリー」

兄とレイナルドの冷静な突っ込みにそういえばそうだったと改めて思い出す。私はそもそもアルベルトに求婚されていたということを。

「そうですけど……改めて言葉にされると何かむずがゆいです」

頬が赤くなることが抑えられず、せめてもの思いで両手で頬を隠した。つい先日想いが通じ合ったばかりだというのに。

「嫌か?」

私の反応を見て不安そうな様子で聞いてくるアルベルトに慌てて首を横に振った。

「嫌ではないです……お願いします。それよりも、私がアルベルト様のご両親にお会いする方が先ではないでしょうか」

「ああ、それは別に後回しでかまわない。私はマクレーン家の長男でもありませんし。父も母も仕事人間なので、自分たちの子供が結婚すると報告しに来る日だろうと、どうせ仕事を入れているでしょうから」

ローズマリーの記憶にもあったマクレーン家は確かに騎士として立派な一族ではあった。アルベルトが言う通り、仕事人間という言葉が似合う一族でもあった。

一族の功績を考慮すれば既に爵位も領地も持っていておかしくないというのに、騎士であることを誇りに思う彼らの一族はその話を全て断り、主君に仕えることを美徳としている節がある。そうでなければ幼いアルベルトを更に幼かったローズマリーの騎士として遣わしたりなどしていないかもしれない。

そのあたりの事情を把握しているだけに、私はそれならせめて手紙でお伝えしようとアルベルトと話をしマクレーン家には手紙を、エディグマ家には私とアルベルトで報告を行うことにした。

「式は早くに済ませた方がいいぞ。子供のことを考えると年齢の差も大きいしな」

最悪なアドバイスをする兄。

「式の準備は私が行っても？　マクレーン領でも王都でもローズ領でもどこでも準備はできる。ウェディングドレスは私からオーダーしたいな。マリーに似合うドレスを一流のデザイナーに特注するよ」

何故か仕切りたがる氷の公爵様。

どうにか怒鳴りたい気持ちを抑えていたら、そっと肩をアルベルトが撫でてくる。

「マリー。貴女に無理はさせたくない。だから遠慮なく言いたいことを言ってほしい」

「アルベルト様……」

「貴女が望むのであれば、俺がエディグマ領へ行っても構わない。エディグマに騎士はいないと聞く。よければエディグマに自警団を作っても構わないか？　俺の領地は管理人がいるから子爵夫人などと貴女を縛りつけるつもりはないから」

「アルベルト様……？」

そこは仕切ってほしいです。そして何で騎士団を退団する未来をそんな簡単に考えているのですか。

私は、どう考えても普通らしくない結婚話に喜びでため息が溢れるどころか、これから先に起こるだろう気苦労に対してため息をついた。

結果、私はアルベルトと共にエディグマに行き、まずは両親への報告を行うことになった。

それから先のことは、とりあえず後回しにしておいた。

懐かしい景色が見え始めてくると、私はいてもたってもいられずに馬車の窓から顔を乗り出して外を見た。整備がろくにされていない馬車道。よく眺めていた山脈。

「マリー。危ないから」

「すみません。つい」

まるで子供のようにはしゃぐ私を見て笑うアルベルトに、私は自分の行動が今更恥ずかしくなった。それでも、久しぶりに帰る故郷が近づくにつれ、私は落ち着きがなくなった。

何もない辺境の田舎町。観光名所となるようなものは何一つない。僅かな村人が畑を耕し、牛や豚を育てる。羊毛を収穫しては織物にする。自給自足をこよなく愛する村だった。

兄のように王都に憧れて村を離れる者もいるが、それでも結婚して村に帰ってくる者も多い。

領主の性格が滲み出ているようなエディグマは過ごしやすさでいえばどの領地よりも心地よいことが唯一の誇れるところかもしれない。

「活気があるな」

村の入り口に入ると、珍しく訪れる馬車を物珍しそうに子供たちが眺めている。そして、中に私がいることを確認して嬉しそうに騒ぐ。私は手を振りながらアルベルトの言葉に頷いた。

「元気なことがエディグマの取り柄かもしれませんね」

「それは望ましい取り柄だ」

アルベルトが笑った。つられて私も笑う。

初めて訪れる田舎町にもかかわらず、アルベルトは嫌がる素振りもなく、それどころか嬉々とした様子で町を覗いていた。

「面白いものは何一つない町ですよ」

「貴女が生まれ育った町というだけで、俺には十分素晴らしいと思うけどな」

「買いかぶりすぎです」

「本心なのに」

クスクスと笑うアルベルトの表情はとても穏やかだった。

普段の騎士服ではなく、貴族らしい装いをしていた。そんな彼を見ることは珍しく、見れば目を奪われる。

普段、騎士服ばかり着ているため彼の私服が珍しい上に、結婚の申し込みを行うということもあり、普段以上にめかし込んでいる。それが更に彼の格好良さを引き立てているのだから、私としては見ているだけで動悸が高まってしまう。近頃は二人きりでいる時、以前のように敬語を使う機会も減っていっていた。私と接する時は気兼ねなく会話をしてくれているのかと思うと嬉しかった。

先触れを出していたため、実家の小さな屋敷前で父であるトビアスが既に待っていた。

馬車が停まると同時に私はすぐに飛び出して父に抱きついた。

「おかえりマリー」

「ただいま」

つい先日、王都に会いに来てくれた父だったけれども、こうして故郷で会えるとなると気持ちも違った。故郷で抱きしめられてようやく帰ってきたんだと実感できる。

「スタンリーは一緒じゃないのか」

「兄さんが帰ってくるわけないじゃないですか」

兄であるスタンリーは田舎暮らしよりも王都暮らしを満喫しているため、領主としての仕事以外の用事で戻ってくることはない。そう、たとえ妹が婚約者を家族に会わせると言ってもだ。

「それで、その……」

恥ずかしさに俯きながら馬車を見る。アルベルトが降りてきて、父の前に立つと頭を下げた。

「アルベルト・マクレーンです。本日は急な訪問となり申し訳ございません」

アルベルトを見ていた父は穏やかな笑みを浮かべて彼に手を差し出した。

「遠いところからありがとう。トビアス・エディグマです」

「こちらこそ。よろしくお願いします」

どことなく緊張している面持ちの二人に私は笑った。嬉しさが込み上げる。

父には手紙で婚約したい相手がいる旨と、その相手が誰であるかは伝えていた。すぐに返ってきた手紙には祝福の言葉を沢山綴(つづ)ってくれていた。

勿論反対されることなどないとは思っていたけれども、改めて対面する二人を見ていると私は嬉しくて頬が緩んでしまう。さっきからずっと緩みっぱなしで、愛想を尽かされないか心配になる。

「さあ、マリー。久しぶりに美味しい紅茶でも淹れてもらえるかな」

父に言われて現実に戻ってきた私は、慌てて承諾をし、懐かしの屋敷に入っていった。

屋敷の応接間と呼ぶには小さな部屋の中。ひと息ついたところで父が口を開く。

「正直に言うと、マリーには勿体ない話だよね」

正直すぎる父の発言に私は目を丸くした。隣にいたアルベルトも同様で、持っていたカップから少しばかり紅茶が溢れていた。

私たちの様子に気づいたらしい父が慌ててフォローを入れる。

「いや、マリーは器量もいいし素晴らしい自慢の娘だよ。父親という贔屓(ひいき)目なしにも顔だってお母さんに似て美人だ……いや、似てるかな？　まあいいや。だけど、マクレーン卿の立場を考えると本当にいいのかな～ってね」

父の言い分はもっともだった。いわゆる田舎貴族の私と、王都で活躍されている子爵となったアルベルトの立場を考えれば身分不相応も十分なところ。本来ならば実現しないような婚姻だとは思う。

もし、アルベルトの爵位がなければどうだろうか。

それでも彼は私には勿体ないような気がしないでもない。

「実際、エディグマは男爵家とは名ばかりで村長のような立場だから。子爵になられたマクレーン卿であれば引く手あまただというのに。ご家族に心配されるのではないかな」

父もまた、私と同じようなことを心配していたらしい。アルベルトは私に伝えたことを父にも同じように説明をした。

「立場など関係なく、私はマリーだから妻に迎えたいと思っています」

「そうですか……」

父は、何か考えるような顔をして私を見た。

「マリーは大丈夫かい？」

父の心配は、子爵夫人という立場になることを指しているのだろう。

「何とかします」

行き当たりばったりな回答だとは思うけど、それが私の素直な答えだった。できないことはこれから学べば良い。できなかったとしても、アルベルトと考えていければいいと思っている。

「正直、領主としての能力はマリーの方が上です。自分はその、騎士としてしか能がないので」

珍しくも照れたアルベルトの回答だった。彼も彼なりに子爵という立場には悩まされているらしい。

実際のところ、子爵位としての仕事は管理人に委任しているため、子爵夫人という肩書よりも騎士団長夫人と呼ばれる方がこちらとしてもしっくりくる。

「そうかそうか。何だかお似合いの二人だな」

嬉しそうに笑う父の姿に、アルベルトと私は目を合わせて苦笑した。

「それじゃあ、母さんのところに報告にでも行こうか」

父が立ち上がったため、私とアルベルトも続いた。

久しぶりとなる母の墓参りだった。

三人で向かった場所には、自然に囲まれた穏やかな草原に一つの綺麗な墓碑が建っていた。もう一〇年は経っているというのに古びれた様子もない墓碑は、いつも父が丁寧に掃除をしているからだ。毎朝花を添えて挨拶をする。命日には大輪を添える。誕生日には亡き母が好んだ歌を贈る。母への愛情が途絶えない父の愛情深さは、いつも私の心を救ってくれる。

「ミリアム。マリーが結婚することになったよ。どうか彼女をこれからも見守っててておくれよ」

墓石に口付ける父。その後ろに立っていた私は、母の墓碑に花を供えて祈った。

今までのこと、ローズマリーのこと、アルベルトとのこと。全てを伝えるにはとても時間がかかった。

アルベルトもまた同じように、長い時間をかけて祈っていた。

「随分報告することが多いんだね」

父が感心した様子で聞いてきた。

「王都で色々ありましたから」

父には生まれ変わりであることとは言っていなかった。どこかのタイミングで伝えても良いかと思っていたところで、父が思い出したように話を始めた。

「マリー。今でも、次に生まれ変わっても母さんの娘でいたいと思っているかい？」

生まれ変わり、という単語を聞いて私とアルベルトは硬直した。

「……何ですって？」

「もう覚えていないかな。昔、お前が言ってたんだよ。次の母親も母様がいいってね」

母が亡くなったのは小さい頃だった。その頃の発言なんて覚えているわけもなく、私は当時の私が一体何を考えていたのか頭をフル回転して思い出そうとした。

「私も次の結婚する相手は母様がいいから、そしたらマリーはまた私の娘になってくれたら嬉しいなぁ」

「………………」

私は、今こそチャンスだと思って父に対して口を開いた。

「もし私が……誰か、貴族の令嬢の生まれ変わりだって言ったら……父様はどう思います？」

「うん？　貴族？」

父は、少しだけ考えてから笑った。

「そうか～マリーが生まれてすぐにマナーができていたのは貴族の娘さんだったからなのか」

父の呑気な回答に、私とアルベルトは固まったままその場を動けなかった。

どうやら父は私が記憶を思い出すよりも前から、生まれ変わりという概念を認識していたらしい。

あまり物事に動じない父親ではあると思っていたけれど、まさか転生云々の話まで通じるとは思っていなかった。

呆然としか言いようのないアルベルトと私の様子に父が不思議そうに私たちを見返す。

「違ったかな。マリーが小さい頃からマナーを知っていたから、てっきりそうなのかと思っていたんだけど」

「ううん、合っているけど……でも、どうして？」

本来なら頭がおかしいと言われても仕方ないことだった。過去に実例もない、架空の物語で語られるような事実だというのに、父は普段通りで疑う様子すらなかった。

「いや、マリーが生まれ変わりだと言うんならそうなんじゃないかなって」

「私の言葉だけで？」

「小さい頃もそれっぽいこと言ってたしね。覚えていないみたいだけど」

全く覚えていない。前世を思い出したことさえ最近だ。

「マリーが幼い頃、どのようなことを言っていたのでしょうか」

アルベルトが問う。ローズマリーのこともあるため、余計に気になるのだろう。

父がしばらく考え込む。

「さっき言ったように次も母さんがいいって言うのは時々言っていたよ。あとは、私でも知らないような難しいマナーを知っていたかな。とにかくマナーが良い子だったよ。だってマリー。お前、エディグマでカーテシーなんて学んでいないんだぞ」

「え？　そうなの？」

気がつけば身についていたマナーだったので意識すらしていなかった。言われてみればいつ覚えたのだろう。

「そうだよ。食事のマナーもそうだし、お辞儀の仕方が丁寧でね〜。よくお客さんに褒められたね」

当たり前のようにやっていたけれども。確かにエディグマでマナーを教わった記憶がない。家庭教師に教わった知識以上にマナーを覚えていた。そして、どうしてその知識を持っているのか不思議にすら思わなかった。

「当たり前すぎて気づかなかった……！」

「ローズマリー様は徹底的にマナーを教え込まれていましたからね」

それが生まれ変わった魂にまで刻まれているだなんて恐ろしすぎる。

他の知識は覚えていないのに。マナーだけは覚えているなんて。

妃候補の教育って怖い。

「ローズマリー！　お前とそっくりな名前だなんて運命的だ。きっと素敵な婦人だったのだろうね」

嬉しそうに騒ぐ父だけれども、そういえば実際に誰だったかまでは伝えていなかった。

なので、とりあえず席に座って事の経緯を説明した結果。ようやく事態のすごさを理解した父親が。

「何だか……今までマリーに家畜の世話をさせてきたのが申し訳なくなってきた……」

とだけ後悔していた。

あまりにも父らしい感想だった。

その日の夜。

アルベルトは仕事のために先に王都へ戻っていった。私はまだ故郷を満喫するために二日ほど過ごす予定を立てていた。

「迎えに行くから」と告げて立ち去る時、頬に軽い口付けをして去っていったアルベルトの背中を、見えなくなるまで見送ってから屋敷の中に戻った。

中では父が料理を作っていた。食事が趣味の父が作る手料理は美味しく、この腕さえあれば身分を剥奪されても食べていけるだろう。それどころか、料理人という職業こそが実は天職なのではないかと疑うほどのレベルだった。

「今日はマリーの好きなミートパイにしてみたよ」

「嬉しい！　ありがとう」

テーブル席に着いていると料理を出され、二人だけの食事が始まった。赤ワインを注いだ父が私に向けてグラスを掲げる。

「婚約おめでとう」

「ありがとう」

グラスを掲げ、ワインを飲んだ。安価で飲みやすい赤ワインの味が懐かしかった。

食事をとりながら沢山のことを話した。

王都での生活や騎士団の様子。少し前まであった騒動を、心配させない程度に誤魔化しながら話をした。

最後にローズマリーのことも。

「ずっと眠っているような、それでいて夢の中にもう一人の私がいるような不思議な感覚だったわ」

ローズマリーを傍に感じる時の様子を説明する。生まれ変わりだというのに時々感じる彼女の気配を説明することは、いつも説明しづらかった。

「彼女の記憶を思い出したのは本当に最近だったの。王都に行く前に気を失ったことがあったでしょう？　それがきっかけだったわ」

「あの時か」

紐を首元に引っかけたことを契機に思い出した前世の記憶。

思えば全ての発端はそこからだったのかもしれない。

「不思議な話だな。記憶を思い出さなければきっと国の未来まで大きく変わっていたかもしれない。そして、お前に婚約者が現れることもなかったかもしれないね」

「それは……そうかも」

記憶を取り戻さなければ、きっと何事もなく王宮の侍女として働き、その間にきっとレイナルドとアルベルトは王家に復讐をしていたのかもしれない。

「私が思うに、前世を思い出したのには何かしら理由があったのかもしれないね」

「理由？」

「そう。ローズマリー様がローズ卿やアルベルト殿の復讐を知り、亡くなられた彼女自身が望まないことを気づかせたかった……あるいは彼らを救いたかったのかもしれない。もしかしたら王都を救うため、何かしらの力がマリーの記憶を呼び起こさせた……というのはどうかな」

「お伽話が書けそう」

父のとんでもない話を聞いて笑ったけれども、もしかしたらその通りなのかもしれない。

誰かがこの未来を望んだから、私は記憶を取り戻した。

そうでもなければ一生ローズマリーを思い出すこともなく魂に刻まれるぐらいに覚えていたマナーを不思議に思うだけで終わっていたのかもしれない。

「ただ一つ、ハッキリとわかっていることはあるぞ。どんなことになろうとも、マリーは大事な私の家族だよ」

父が照れ臭そうにウィンクしながら言ってくるものだから。

その言葉が嬉しくて涙が出てもおかしくないのに笑うことしかできなかった。

人生の中で考えれば短い時間。私は果てしなく長い旅を終えたような気持ちだった。

沢山の波乱や沢山の葛藤があった。新しい自分の姿を見ることもあった。

それでも、最後に辿り着く場所は……
いつだって、家族の元。

エピローグ

鐘の音が響く。

祝福を知らせる鐘の音が。

結婚を祝う者たちが新郎新婦に押し寄せる中、新婦のウェディングドレスに散らばる装飾が陽の光で輝いている。騎士の正装で新婦をエスコートする新郎の姿が人影から時折見えてくる。

祝いの場に訪れている騎士団員や王宮の侍女、新郎新婦の故郷から来た友人たちが一斉に花弁を空へと投げる。

花弁によるシャワーが二人をキラキラと輝かせた。

王城の一角に建つ教会で式を挙げると決めてから半年ほど経った今日。アルベルト・マクレーン子爵とマリー・エディグマ男爵令嬢の挙式が行われた。

本来であれば王城の教会を使用した挙式など軽々しく行える場所ではなかったが、リゼル国王並びに宰相であるレイナルド・ローズ公爵の助力もあって挙げることができた。

新婦であるマリーにとって、王城はかつて前世の自分が処刑された場所だった。

高らかに鳴る鐘の音は、前世のローズマリーを死に誘う音色だった。

だからこそやり直したい。

悲しみの思い出を幸せの思い出に塗り替えたい。

その希望を聞いて、縁ある者たちはこの教会での挙式のために力を貸した。

そして今日、無事に式を行うことができた。

マリーは嬉しそうにアルベルトの腕を摑む。新婦を見つめるアルベルトの笑顔に、騎士団の団員一同はホロリと涙が溢れた。

マリーの家族は式に感動しながらも、しっかり王都屈指の料理人が用意した式の食事に瞳を輝かせている。それでも、時折息子と共に遠くから新婦を見つめる父親の瞳は優しい。

彼が手に持つ懐中時計の蓋を開けば、小さく描かれた亡き妻の絵姿。彼は、愛する妻に娘の結婚を嬉しそうに報告した。

式の実施を許可した国王は、執務が忙しいため式の列席は断っていた。建前はそうだが実際は、国王が子爵の結婚式に列席すれば嫌な噂が立つかもしれないと危惧して、ということもあった。

本音はどうなのだろう。未だ思い出すだけで胸に甘い疼(うず)きを生み出す女性の幸せな姿を、見たい思いと見たくない思いがせめぎ合っていたのかもしれない。

それでも彼らに祝福を。

長きにわたり苦しめた王家から謝罪と共に、心からの祝福を願おう。

空を眺めながら国王は願う。

どうかもう、この鐘の音が哀しみではなく幸福だけを招くように、と。

鐘がもう一度鳴り響いた。

その時、新郎新婦の前に一人の男性が現れる。

その姿を見た瞬間、マリーは前世で処刑される前に見た少年の姿を思い出していた。

泣き叫びながら姉の名を呼んだ少年の姿を。

レイナルド・ローズ。ユベール領の小さかった少年は、もういない。

彼の服はもう黒色に染まった喪服ではない。

祝いの席に似合う、華やかな装飾を付けた服がとても似合っていた。

今目の前にいる彼は、この場にいる誰よりも幸せそうな笑顔で新婦を見つめていた。ずっと憧れていた未来を思い描くように、ずっと叶えたかった願いが果たされたかのように。

彼に伝えたい言葉がある。

彼らに願った思いがある。

新婦はそっと、目の前に立つレイナルドにしか聞こえない声で言葉を告げた。

「レイナルド。私はずっと傍にいるわ。貴方が幸せでいてくれることが、私(ローズマリー)の願い」

その言葉を聞いたレイナルドは。

ようやく復讐という檻から解き放たれた。

「……愛していますよ、マリー(姉様)」

姉を慕う弟のように。

彼は心からの祝福を告げた。

風が舞う。花弁が空へ高らかに飛ぶ。

鐘が響く。

突然マリーの足元が宙に浮くが、それは嬉しさを抑えきれない新郎が新婦を抱き上げたからだった。

驚いた新婦は、慌てて持っていたブーケを落とさないようにしながらも、愛しい夫にしがみついた。

もう鐘の音は、復讐を生み出すこともなく。

ただ刻の流れを、高らかに告げるだけだった。

書き下ろし 故郷

以前はユベール領と呼ばれていた、現マクレーン領の傾斜ゆるやかな丘。

遠くまで見渡せる景色は自然に囲まれた過ごしやすい場所だった。

私は初めて来たはずなのに、流れる空気やその景気から前世でずっと見てきた光景へ懐かしさを感じていた。

思わず大きく手を広げながら走り回りたい、そんな幼い気持ちを思い出せる景色が、前世だったローズマリーも好きだった。

「マリー」

少し離れた場所で男性と話し合いをしていたアルベルトが私に声をかけた。

「待たせてすまない。行こうか」

「はい」

差し出された手に私は自分の手を置いて一緒に歩き出した。

目指す場所、ローズマリーの墓所へ。

ずっと先延ばしにされていたローズマリーの慰霊碑へ棺を移す話は、裁判が行われている間に進められた。

怪我を負ったレイナルドによる「早く姉を元の場所へと戻したい」という強い願いもあって、レイナルドの体が動いても問題ないと医師から診断を下された翌日には行動に移していた。

私は私でアルベルトとの婚約手続きを進めないといけないと、忙しいアルベルトの代わりに動いていた最中ではあったのだけれども、慰霊碑に移動する日は一緒についていくことにした。

アルベルトとレイナルドという、ローズマリーのことを誰よりも知っている二人によって決められたローズマリーの慰霊碑は、この広い丘の一角に建てられることになった。

私も納得した。

窮屈だった邸よりもローズマリーは景色が見渡せるこの丘が好きだったのだ。

「懐かしいと思うか?」

アルベルトが聞いてくる。私は素直に頷いた。

「ここに来てからずっと懐かしい感じはしています。ローズマリーはこの景色が好きでしたね」

「ああ。大体出かけるというとこの丘か……遊べても庭ぐらいしかなかったからな」

当時のローズマリーは王太子妃候補の令嬢ということもあり街に出歩くこともろくにできなかった。

「こっちだ」

アルベルトの指す方向を見ると遠目から慰霊碑が見えた。

花々に囲まれた慰霊碑の前にレイナルドが立っていた。

緩やかに吹く風に揺れる金色の髪。手に抱き持つ花は純白の百合。

その光景はさながら絵画のように美しかった。

「レイナルド」

じっと慰霊碑を見つめていたレイナルドに声をかけると翡翠色の瞳がこちらを見て微笑んだ。

「マリー。到着したのですね。ようこそ、かつての故郷へ」

「はい。とても懐かしいです」

私は石碑に刻まれるローズマリーの名前を見た。

慰霊碑の奥底に、既に棺は埋葬されている。埋葬後、神父により神への祈りを捧げることにより、亡き魂は天へと還る。そう伝えられている。

「ここに来ると姉様と過ごした日々を思い出します」

墓前に花を添えたレイナルドが立ち上がり、遠くの景色を見渡した。

「よく私をここに連れてきてくれました。家で引き籠もっていた私を少しでも楽しめるように」

レイナルドから聞く話は私も知らなかった。

前世の記憶は鮮明に覚えている記憶もあれば、断片的にしか覚えていないこともある。時々二人が話す内容を知らないこともあったりする。

「神父はもうしばらくすれば来るそうです」

「立ち会うのは……」

「私とアルベルト、そしてマリーだけです。その方が姉様も心が安らぐでしょうから」

どこまでも姉至上主義なレイナルドらしい。

私は慰霊碑の前に立ち、手を重ねローズマリーに祈りを捧げた。

伝えたいことは山ほどある。でも、今はただローズマリーが好きだった故郷で眠れることを、心安らかに過ごせることを祈った。

隣に並んだアルベルトも目を閉じて祈りを捧げた。彼の祈りは騎士が主君に構える姿勢となり、膝を折り、頭を下げていた。

何の話をしているのか気になりながら覗いていると、目を開けたアルベルトがこちらを見て笑った。

「視線が痛いな」

「ごめんなさいっ」

どうやら熱視線を浴びせてしまっていたらしい。私は慌てて視線を逸らしたけれど、逸らした先にいたレイナルドもまた笑っている。

「ヤキモチかな？　マリー」

「ちっ違います！」

「何だ。違うのか」

立ち上がりわざとらしくため息をつくアルベルトに言われ、私はますます顔を赤くしてしまった。

「もう……からかわないでください。何を報告してるのかなって思って……」

「俺か？　俺はマリーとのことだ。色々と心配させてしまったことへの、お詫びと報告を。あとは……この地を守ることを約束していた」

騎士団の仕事が中心であるアルベルトは滅多に自領に行く時間も取れないけれども、精いっぱい努力はしたいと言っていた。

「アルベルトだけに任せるつもりはないから心配せずとも平気だよ。少しでも何かあれば私が助力しよう」

「………ありがたい話ではあるんだがなぁ……」

満面の笑みを浮かべるレイナルドと相反してアルベルトの表情は暗い。

「おそらく私の兄あたりが土地を返してくれないかと打診してくるかもしれない。その時は私が代わるよ。君だとやりづらいだろう」

「……そうですね」

アルベルトの兄。ローズマリーの兄でもあり、元はユベール領の領主となる予定だった長兄は、父の失脚に加え妹の死罪により土地も剥奪され、爵位も落とされていた。それでも子爵の名を語っていたかと思うけれど、レイナルドが話題に出すまで全く思い出しもしなかった。

「マリーは兄のことは覚えている？」

レイナルドに尋ねられて私は思い出そうとしてみるけれど不思議なくらい記憶が少ないため「あまり」と言って、首を横に振った。

「そうだろうね。姉様も距離を取っていらしたし。まあ、アルベルトにとっては元々仕えていた人の長兄でもあるし年も近いからやりづらいだろう」

「そうですね……正直、その提案は助かります」

「なあに、問題ないさ。マリーのウェディングドレスで手を打とうじゃないか」

「…………」

「…………」

恐らくこの時きっと、私とアルベルトは全く同じことを考えたに違いない。

(諦めてなかったんだ……)

アルベルトと婚約の話が出た時から、何故かレイナルドは私のウェディングドレスを仕立てたいと主張がすごい。とにかくすごいのだ。

ただ、アルベルトとしては私が望む形で選んでくれれば良いと言っていたけれど……実際、私としてもデザインが素敵ならそれはそれで構わない。

世間は狭い。

一度一緒にドレスの採寸をしてほしいと言われ、宰相の間にある別室で侍女により測ってもらったことがある。

これが恐ろしいことに、あっという間に王城に噂が広まった。

レイナルドが侍女のマリーと結婚式のドレスを選んでいるらしい、とか。

アルベルトとの結婚は偽装で、本当はレイナルドとの結婚を考えているとか。

アルベルトとレイナルドによる禁断の恋愛にカモフラージュとして私が間に入っているとか。

それはもう、よくわからない噂まで様々だった。

建前上、私はローズマリーの遠縁ということになっていて、その縁もあってレイナルドと親交があると周囲は思っている。それだけなら良かった。

けれど、レイナルドと結婚するのでは？　などという噂まで立てられてしまっては、私も一緒にドレスを選ぶなんてできない。

というか、世間的にはちゃんとアルベルトとの婚約を発表しているのに、どうしてそんな噂が流れるんだろう……

「レイナルド……その話はもうやめましょうって言ったじゃないですか！」

「周りにバレなければ良いのだろう？　これからはドレスに関することは全てアルベルトの名を使えば事足りる」

「何でそんな浅慮なんですか。支払い先がレイナルドだったらすぐにバレます！」

「それなら専属のデザイナーをアルベルトの名義で雇用しよう。アルベルトには報酬を払ってもらうが、後にかかった費用は全て私に請求するように……」

「だからっ話がややこしいですって……」

「二人とも……ローズマリー様の墓前だぞ……」

アルベルトの冷静な声に私は我に返り。

慰霊碑に小さな声で謝った。

「それにしても、どうしてレイナルドはあそこまでウェディングドレスに拘(こだわ)るのでしょう？」

ユベール領土内にある領主の屋敷に移動した私は、執務室の椅子に座り署名を続けているアルベルトに聞いた。

この建物はローズマリーが過ごした場所ではなく、別で父が持っていたらしい仕事場の屋敷で、生前にも場所や使用用途は知っていたけれど執務室に入ったのは初めてだった。

「マリーはわからないか？」

意外そうにアルベルトが聞いてきた。

「ローズマリーに関連していることは確かでしょうけれど」

レイナルドが頑固な姿勢を貫く時は大概姉に関わることだった。

「ローズマリー様が意に沿わない結婚の中で唯一楽しみにしていたのがウェディングドレスだったことは覚えていないか？」

「え？」

初耳だった。

ローズマリーの記憶の中にも、そういった考えは記憶になかった。

「なりたくもない王太子妃だが、誰よりも美しく綺麗なドレスだけは楽しみだと言っていたとか。だが、マリーが全く覚えていないということは……もしかしたら弟を安心させるための嘘だったのかもしれないな」

ドレスが楽しみだったか、ということは全く覚えていない。けれど、弟だったレイナルドに少しでも明るい未来を見せたかったことだけは覚えている。

――姉様がいなくなってしまったら、私はどうすれば良いのでしょうか――

「あ………！」

思い出した。

あれはまだ幼い頃。王太子グレイとの婚約が決まった時。

領内では吉報だと騒がれている中でレイナルドが寂しそうに言っていた。

唯一、心を許せる存在である姉がいなくなってしまう不安。姉の本心……本当は王太子妃など望んでいなかった姉への憂慮。

そんな弟を励ますように、ローズマリーは時々明るい未来の話をしてみせていた。

『いつかレイナルドと一緒に王都で暮らせるかもしれない。だからちゃんとお勉強をするのよ？』

『レイナルド。私は悲しくないわ。あの絵本のお姫様のように素敵なウェディングドレスを着ることができるのだから』

そんな言葉を言っていた記憶がフラッシュバックした。あまりの記憶の波に私は眩暈を覚えてしまい、アルベルトがよろめく私を支えてくれた。

「どうした？　大丈夫か」

「ありがとうございます。でも、思い出しました。そうですね……言い聞かせていたかもしれません。私は絵本のお姫様になれるのだからと」

「……そうか」

大好きだった絵本。

可愛らしいお姫様に守られる騎士。

そして姫は国の王子と結婚する。

そんな、物語の世界に憧れるのだと言っていた。

――けれど現実は違っていた。王子との結婚には夢などなく、あるのは陰謀と政治だった。愛情など欠片もなく、ローズマリーに求められたものは完璧な王妃としての教養。

絵本が大好きだったけれど、ローズマリーが憧れたものはお姫様と騎士の姿だけだった。王子との結婚に対し憧れることはなかった。

それでもローズマリーは弟に心配をかけさせないよう、楽しみにしているという嘘をついていたのだろう。

きっと嘘だと気づかれていたとしても。

「…………レイナルドもわかっているのだろうけれど。たとえ嘘であろうとも、ローズマリー様の願いを叶えたかったのかもしれないな」

「……アルベルト」

私は決心してアルベルトの名を呼んだ。

「ドレス……レイナルドにお願いしてもいいですか？」

そのことにより変な噂が増えるかもしれない。もしかしたらアルベルトも中傷されるかもしれない。

けれどもアルベルトは笑った。

「言っただろう。マリーが望むようままに決めてほしいと。どのようなドレスで着飾っても、きっと貴女は美しいだろうな」

嬉しそうな顔をして額に口付けられてしまい。

私はそのまま恥ずかしくなって赤らんだ顔を隠すために、アルベルトの胸に顔を押し当てた。

翌日に改めてレイナルドにドレスの件を話すと、彼は嬉々として行動を始めた。

それはもう、彼の実力を駆使した素晴らしいほどの行動力だった。

そして完成したドレスといえば……

「………………ははっ」

私は結婚式を数か月後に予定している中で完成したらしいドレスを見に来た。

そして絶句した。

針子をしていた友人もいたし、デビュタントでドレスを自作したこともあるからこそわかる。

「これは………やりすぎです！」

真っ白なドレスの生地はこの地方では手に入れることができない上質なドレスにしか使用されないカミル領の生地。

ふんだんに使われている銀色の刺繍糸も同様で、更にはその刺繍の量が尋常ではない。少なくとも数名の針子が半年以上はかけて作れる量だ。百合や薔薇のデザインを思わせる銀色の刺繍がドレスの裾や胸元に、派手とは思わせないように彩られている。

そして何よりちりばめられた小さな宝石。

これは、滅多に発掘されない淡い蜂蜜色の混じったダイヤモンドで、その小さな一粒サイズだけで一体いくらの価値となるのか。そしてその宝石を惜しみなく使ったドレス。

このドレス一着だけで城が建つのではないか。それほどの価値がある代物に恐怖すら感じた。

絶対着たくない。汚しただけで気絶してしまいそう……

「諦めようマリー……できてしまったものは仕方がない。それに、今更返品したところで新たなドレスを作らされるぞ」

「うう……」

アルベルトに肩を叩かれ、私は涙を浮かべながらドレスにそっとカバーをかけた。表に出ていては安心してできない恐ろしいドレス。結婚式当日まで絶対にしまって外に出さないと誓った。

「こんな末恐ろしいものものの後では霞(かす)んでしまうかもしれないが、俺からも贈りものだ」

「？」

アルベルトが懐から何かを取り出すと、私の左手を摑み手首にはめた。

ブレスレットだった。

「これ……」

「ドレスはレイナルド卿に譲ったが、これだけは譲りたくなかったので」

ディレシアス国では夫妻となる間で贈り物を交わす風習がある。それはブレスレットだったりネックレスだったり様々だった。

「用意してくれていたなんて……」

私は嬉しくてずっと贈り物を眺めていた。

「ドレスは一時の思い出だが、コレはずっと着けてくれるだろう?」

「え?」

着け終えたアルベルトが照れ臭そうにこちらを見る。

「狭量かな」

まさか。

「もしかして…………ドレスのこと、気にしてたのですか?」

全く気にしていない素振りだったので、聞きながら「まさか」とは思ったのだけれども。

「それはまあ、多少は」

思ってもいなかった答えだった。

私はブレスレットを眺めながら笑った。

「これまでレイナルドに任せるって言ったら怒ったかもしれないな」

そんな風に告げられて、私は笑った。


そうした出来事があった翌日に。

「あれ。アルベルトに先を越されたか」

ドレスに似合いそうだからという理由でブレスレットを……それもまただいぶ高額そうなそ

れを持ってきたレイナルドを見た私とアルベルトは。
そっと安堵のため息をついたのだった。

転生した悪役令嬢は復讐を望まない②／完

「転生した悪役令嬢は復讐を望まない」の二巻を読んで頂きありがとうございます。あかこです。この本が出版される一年前の春前から書き始めた本作が、こうして書籍となって多くの方に見て頂けることになったことは、本当に今でも信じられないし、こんなことあるんだなぁ、と不思議な感覚です。

小さい頃から物語を読むのも書くのも好きで、学生時代は友人に小説を書いて読んでもらったり、成人してからはネットを通じて読んでもらったりする機会に恵まれ、そうして今に至った過去を振り返ると、今まで好きなものをひたすら続けてきたからこそ今があると思っています。

本作はここで終わりですが、今後もコミカライズは続いていきますし（とても素敵ですので是非読んでほしい！）、まだまだキャラクターと関わりを持てることが嬉しいです。

ちなみに、読者の方の中にはリゼル派やレイナルド派です！　と仰ってくださる方もいて（笑）、ありがとうございます！　今作では

アルベルトと結ばれましたがご安心ください！　小説家になろうの本作では番外編でリゼルとレイナルドとの物語もあります笑

そちらも読んでみたいな〜という方は、サイトを覗いて頂けると嬉しいです。

書籍になるまで沢山の方にご協力を頂きました。

特に担当の小田さん、一緒に挿絵や構成を考えてくれた友人には感謝しかありません。

この作品を好きで読んでくださっている読者の皆様のコメントやメッセージには励まされてきました。

今後も書きたいと思う話を好きなだけ書いて行きたいと思っています。また皆さんに面白いと思って頂けるようなお話を提供出来たら嬉しいです。

コミックの展開はまだまだ続いていきますので、そちらもどうぞよろしくお願いします！　私の今一番楽しい時間はコミックの話を読ませて頂いている時です！

皆様にとっても、この本が楽しい時間となりますように。

改めて、最後までご覧頂きありがとうございました。

転生した悪役令嬢は復讐を望まない②

発行日　2021年10月23日 初版発行

著者 あかこ　イラスト 双葉はづき

発行人　保坂嘉弘

発行所　株式会社マッグガーデン
〒102-8019 東京都千代田区五番町6-2
ホーマットホライゾンビル5F
編集 TEL：03-3515-3872　FAX：03-3262-5557
営業 TEL：03-3515-3871　FAX：03-3262-3436

印刷所　株式会社廣済堂

装　幀　木村慎二郎（BRiDGE）＋矢部政人

本書は、「小説家になろう」（https://syosetu.com/）作品に、加筆と修正を入れて書籍化したものです。

ISBN978-4-8000-1135-0 C0093　Printed in Japan